KUWEI
酷威文化
图书 影视

生如冬花的你

[日] 凧轮音 著
羽千落 译

冬に咲く
花のように
生きたあなた

四川文艺出版社

目　录

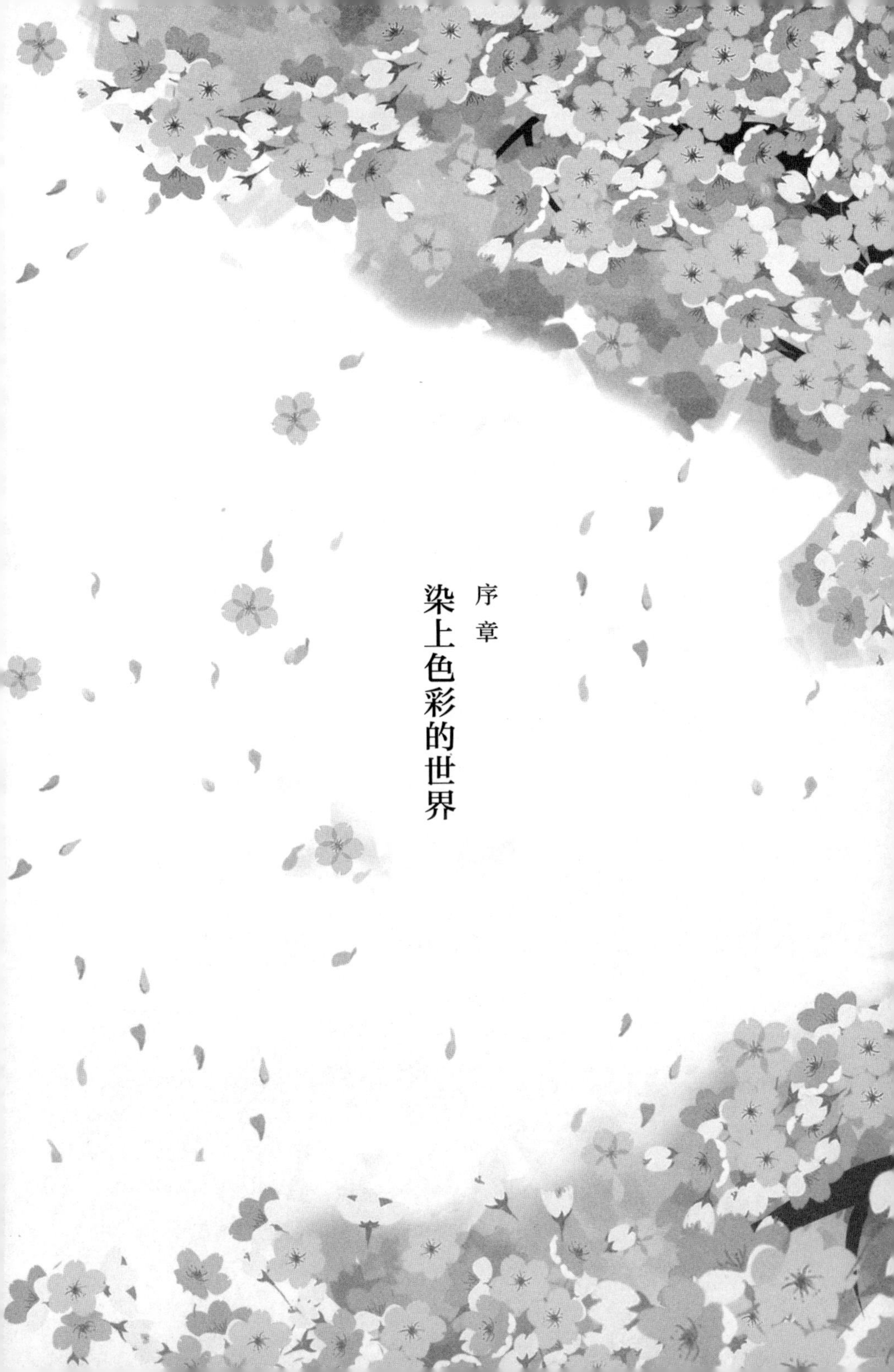

序章 染上色彩的世界

序　章　染上色彩的世界

凛冽的北风侵入骨髓，天空蓝得透明。

我像往常一样，垮着一张脸坐在公园的长椅上。寒意一天胜似一天，外面几乎看不见玩耍的小孩子。这种宁静的氛围，让我感觉很自在。

我手持素描本与铅笔，将目之所及的树木、游乐设施与房屋一一如实描画在了白纸上。

其实要说我有多喜欢画画，倒也不至于，不过是借此打发时间罢了。我既没有亲近的朋友，也不可能四处去游玩，剩下还能做的也就只有在公园里写生了。若是待在家里，就得面对来自亲人的过分关心，而那让我觉得十分麻烦。

咔嚓，铅笔芯突然断了，我霎时回过神来。

全心全意驰骋的画笔随之停滞。

“……我到底在干什么？”

我放下笔，叹一口气。

这样的写生不管画多少张都没有意义。比我更擅长画画的人世上多得是。我的画既不会被人欣赏，也不会流传下去。至于找个工作，以绘画为生，更是我想都不该想的事。

虽然带了备用铅笔，但在意识到一切皆是虚妄后，我便再也没有画下去的心思了。一股无名火涌上心头，我烦躁地抓起折断的铅笔一阵乱涂，把刚画好的风景涂得一团污，然后站起身准备离开公园。

这时我才察觉，不知什么时候，一名少女站在了我面前。

“大姐姐。”

我才是个五年级的小学生，而少女比我更加年幼。她大概是看到我刚才在画画，眼睛亮晶晶的，闪着光。

“姐姐，你是画家吗？”

——怎么可能？

一闪而过的思绪，令我的内心刺痛起来。

我几乎瞬间就想予以否定，然而，在那股无名火的灼烧下，话到嘴边却转了方向。

“呵，你猜对了。不瞒你说，我可是个了不起的大画家。”

我不过一时兴起捉弄她，没有什么深意。但将自己的怨气发泄在无辜的少女身上，还是让我的心隐隐作痛。

听了我的信口开河，少女的脸却一下子亮了，犹如初生的雏鸟般围着我欢叫。

“好厉害啊！对了对了，了不起的画家姐姐，求你画一张我嘛！”

“咦……”

坦白说，我嫌麻烦。而且在外面待了这么半天，我有点儿冷了。

我显而易见地拉下脸来。可少女已经完全期待起来了，呼吸间飘散着腾腾白气，一副迫不及待的样子。

“真拿你没办法。那就破例画一张吧。”

——随便画画，赶紧回去吧。

才刚承认自己是画家，“不想画”“画不了”之类的借口实在说不出口。欺骗了少女的负罪感扎刺着我的心。

没有退路了。我只好拿出备用铅笔，开始描绘少女的脸。她看着我运笔，表情像万花筒一样变个不停。

不出几分钟，我画完了，沿着可撕线扯下画纸，递出去。

“画完啦，拿去吧。”

少女接过画，认真地观看，任何一个细节都不放过。

难道是我画得不好吗……我内心忐忑不已，等待着少女的反应。终于，她脸上浮起红晕，非常珍爱地将肖像画抱在了胸前。

“谢谢你，厉害的画家姐姐！这幅画我会爱惜一辈子的！”

这一瞬，少女的笑容令我忘记了正身处寒风中。

她竟然这么开心，完全超出了我的预料。我呆住了，一个字都说不出来。她却呼出腾腾白气，快活地叫嚷：“决定了！我以后，要成为像姐姐一样厉害的画家！”

真是小孩子特有的廉价梦想。

想必她眨眼间就会忘记刚宣布的梦，而后又将别的梦想挂在嘴上，如此反复，终于在反复中长大，长成一个什么梦想都没能实现的大人。

然而，此时此刻，我只是纯粹地为少女的话语感到喜悦。在她的笑容面前，我冻结的心几乎要融化了。

回过神时，我正温柔地微笑着，任由少女牵起手。

“你一定能成为最棒的画家。”

听了我的话，少女露出小孩子特有的豁牙，高兴地笑了，宛如一朵绽放的花。

我的世界原本如同铅笔素描，灰暗苍白，惨淡无光。

最开始为它染上色彩的，正是这一天。

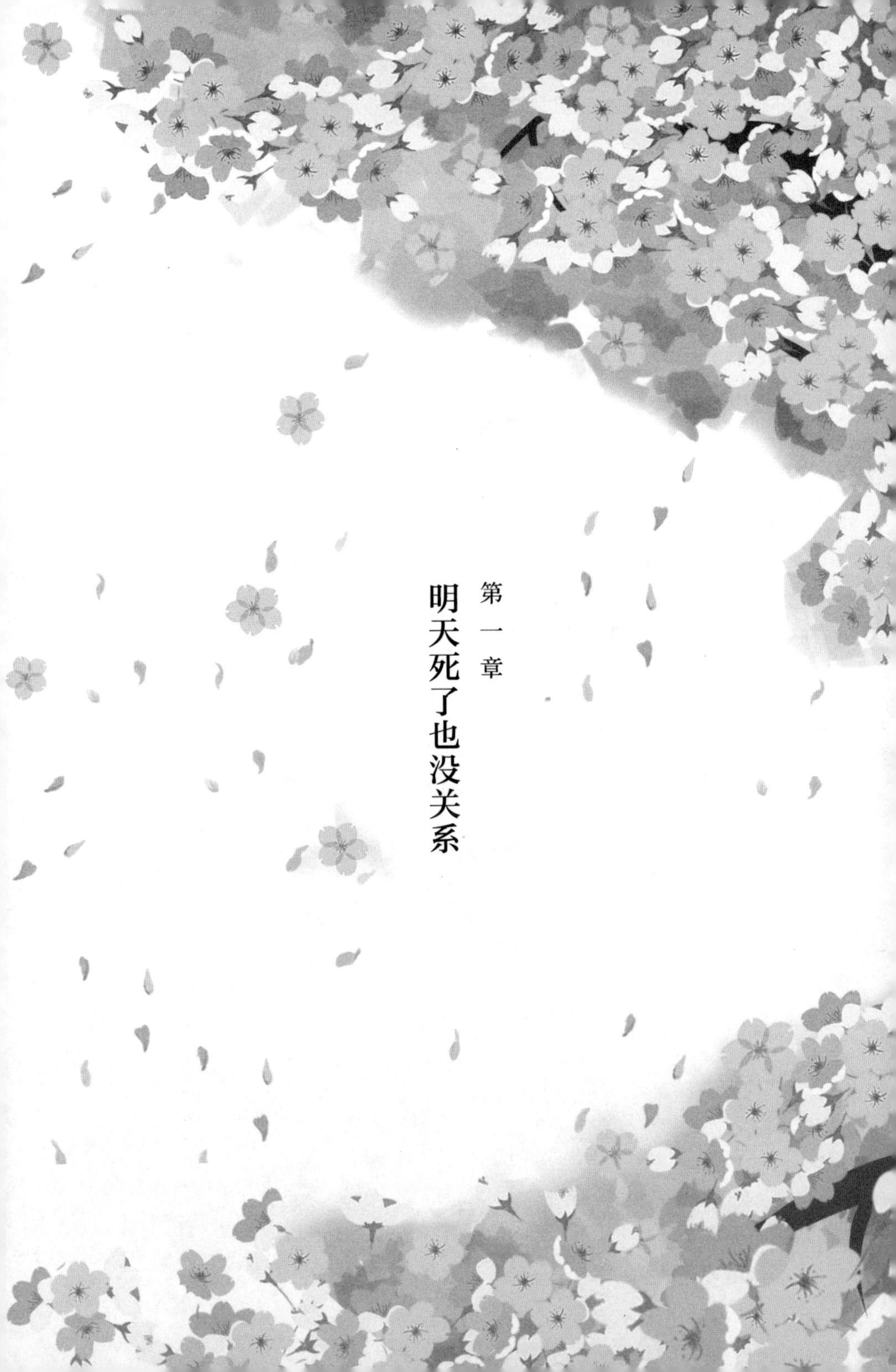

第一章 明天死了也没关系

我沉浸在幼时的梦境中，不知今夕何夕。

结果，当我，赤月缘，重新作为一名二十六岁的社会人睁开蒙眬睡眼，望向时钟时——

已经是七点五十分了！

公司的上班时间是八点半。

留给我的通勤时间，只剩半小时多一点。

“……不是吧。”

所有计算都在瞬间完成，我掀飞被子跳下床。

初冬的冷空气扎刺着皮肤，但今天没时间在意了。

“糟了糟了，要迟到了！”

闹钟是开着的，在我熟睡时就响过了。每当到了这个眷恋被窝的季节，睡过头的事时不时就会发生。

没时间吃早餐了。我光速完成洗脸、刷牙、上底妆三大项，随便套了件衣服，抓起手提包就往外跑。口红也没时间涂，戴上口罩一遮了事。

冲出门时大概是八点整，只差一点就可以准时赶到公司了。即使如此，当我全力冲刺跑进车站，趁着等车的当口灌下一罐咖啡时，心情平静了许多。

迟到当然不好，可要是因此就慌慌张张，闹出事故，那就更不划算了。我们公司也不是那种黑心企业，不会抓着迟到几分钟的员工训斥个没完。冷静下来一想，今天上午其实没什么要紧工作，就算打电话请上半天的带薪假也问题不大。

“二号站台，电车即将通过，车速危险，请站在黄线内侧……”

没错。最重要的是心境平和，处变不惊。从容不迫地行动比什么都好——

“嗯？”

余光瞄见一些异样的情况，我不禁抬头。

站台黄线外侧，一名少女被围巾遮住了下半张脸，心不在焉地走着。看她的制服和身高，多半是个初中生。我隐隐有些不祥的预感，目不转睛地盯着那边。只见少女的对面有一名边走边看手机的男人，两人的距离渐近，但谁都没有发现对方。

接着，他们的肩膀狠狠撞在了一起。

少女的身体猛然一歪。

“啊，危险！”

还没等我尖叫出声，空中便有一道弧线划过，那个少女已经跌落到了铁轨上。

撞到她的男人和目睹这一幕的其他人都呆住了。

我下意识瞥向电车驶来的方向。汽笛长鸣，电车马上就要进站了。

顿时，我的冷静，连同我的手提包一起被抛到了一旁。我二话不说，跳下站台。

先前掉下来的少女望着迎面迫近的电车，不知是太过恐惧，还是认定了不可能躲开，竟连试着站起来的动作都没有，只是瘫坐在原地，就像已经放弃了活下去的念头。

见她那副样子，我身体里像是有什么开关被触动了。

——我说你，还没到放弃的时候啊！

我抓住她的腰和衣领，竭尽全力，扯着她往站台的方向挪动。少女虽说纤细，但毕竟是个初中生，还是有几分重量的，我这纯粹是紧急关头下迸发的怪力了。

我将少女丢进站台下的避险空间里，自己也顺势扑进去，生怕还有危险，压着少女一道紧紧贴住墙壁。

几秒后，伴随着几乎劈开耳膜的金属音，铁块似的电车驶进站台，以惊人的势头从我眼前飞驰而过。

皮肤上悚然游窜的微热，恐怕并非我的错觉。

——好险……真以为要死了！

我以前就知道电车站台下设有避险空间，但亲身体验还是头一遭。万一这一站偏偏就没有设计避险空间呢？想到这种可能性，我一阵后怕，寒意瞬间爬上了脊背。

有人按了紧急制动按钮，原本要径直通过的电车半路急停下来。在我们头顶，一个站务员模样的男人急切地询问：“还好吗？”

“活着呢！两个人都没事！”

我一出声，站台上欢声四起，站务员也安心了不少。

“电车已经停下了！请保持冷静，朝站台一端慢慢移动！”

“知道了！来，和姐姐一起走吧。”

我牵起少女的手，弓着身子走向站台的一端。

为了让少女安心，我一边走一边与她搭话。

“刚才真险啊。你是初中生吗？有没有受伤？”

“是、是的，我叫户张柊子……您呢？”

“我叫赤月缘，平凡的小职员。哎呀，今天久违地睡过了头，没想到竟然碰到这种事。人生真是永远不知道下一刻会发生什么啊。”我老气横秋地感慨。

柊子一瞬不瞬地盯着我。

“赤月缘小姐……就是您吗？”

“嗯。怎么啦，我们以前见过？”

我应该不认识还在读初中的女孩子，上司、客户中也没有姓户张的。

柊子闻言回过神来，微微摇头。

“没有。我也是第一次碰到这种事，有点儿吓到了。您还在上班路上呢，却来救了我，真是太感谢了。”

“小意思小意思，大家都没事，结果好一切都好！你的性命可比上班重要多了。”我不愿让她挂怀，扬起笑容回答。

但柊子仍一脸不可思议，追问：“但是，您为什么要冒着那么大的风险来救我呢？一不小心，连您都会有生命危险啊。”

“这要怎么回答呢……”

我只能说，身体自然而然就动了。刚才那种状况，肯定来不及按警铃。

我稍作思考，给出了我认为最合适的答案。

“要是刚才不管你，我肯定会后悔一辈子。”

柊子眨一眨眼，一动不动地凝视着我。

“……就因为这个？”

“多棒的理由啊。我就想这样活着，随时都能由衷地抱着‘明天死了也没关系’的想法活着。”

我也不害羞，大大方方地回答。

柊子低下了头，含糊地呢喃：“这样啊……”

“嗯，怎么了？”

柊子的呢喃声中仿佛蕴藏着心事，我没多想，随口一问。

她轻轻摇头，直截了当地回答：“不是什么要紧事……只不过，也许，我们有不少相似之处。”

“真的？那你的人生一定也很不赖啊。”

我开怀地笑了，握着柊子的手又添了几分力。

柊子默默点头。是由于方才的濒死体验吗？她的手冷极了。

处理完诸多事后问题，十点刚过，我来到了工作所在的活动企划公司。

我事先已经打电话说明了情况。结果，不仅迟到的事没被追究，还令上司、同事都为我担心了一番。小孩子也救了，迟到的危机也度过了，我的心情一片大好。

“啦啦啦——”

我哼着歌操作电脑，同事莲菜斜瞥我一眼。

“小缘，你才出了事故，怎么心情这么好？”

“那原因可就多了。哎呀，人生果然很美好啊。”

我欢快地敲打键盘。莲菜为我的回答呆了一呆，耸耸肩。

“又来了。你啊，每一天都兴高采烈的。”

“那必须的啊，高兴总比垂头丧气好，所以要高兴啊。”

“真是教科书级别的循环论证。”

“什么，你要请我吃清蒸鲟鱼？今天的好事也太多了吧！”

“没这回事！对了，下午还有碰头会，你都准备好了吧？”

“是，是，老大，就只剩打印了，别担心！”

我边耍嘴皮子边把资料传给打印机，随后起身去拿。

资料一张接一张地打印出来，我在一旁等着，心里仍然轻飘飘的。

在同事们看来，我是个开朗、快活、精力充沛的人，心思也很单纯。每一天，我的为人处世都会进一步印证他们的评价。谁也不知道，我身上其实有一个秘密。

我小学时患上了一种代谢机能疾病，身体无法正常合成人体代谢所必需的氨基酸与核酸，必须常年服用好几种处方药。当时，只要我不做激烈运动，不极端偏食，就能过上大致正常的生活。可随着我迈入成年，身体代谢所需的必要物质增加了，疾病随时可能诱发大脑、神经的功能障碍。一言以蔽之，我活不了别人那么长。

公司的人，包括莲菜在内，都对我患病的事一无所知。小学时代，当我对班上同学提起患病的事时，大家总是会说："好可怜。"对此我一直耿耿于怀。他们同情的话语并不令我反感，只是很难认同。因为啊，到了今天，我其实已经不是特别讨厌自己的病了。

刚知道病情时，心里的确很害怕，还痛恨命运不公。凭什么偏偏就让我得这个病？可是，渐渐地，我改变了想法。成天活在恐惧与愤怒中，大好人生都浪费了。我是个随时会死的人，更应该充实地度过每一天，哪怕明天就倒地死去也要毫无遗憾。让我悟到这一点的，正是小学时央求我为其画像的少女。

从前种种掠过脑海，多半是由于我今天真的险些死在车轮下吧。若不是有病在身，我绝对不可能鼓起勇气，拼上性命去保护别人。

我闭上眼睛，回忆一路走来的历程。

走到今天，我的生活绝非一帆风顺，但我非常满足。刚毕业时不慎进了黑心企业，可跳槽后就来到了现在的公司，区区一介新人，企划就得到了采用。工作之余，我游遍了国内外的主要城市，甚至到现场看过奥运会，逛过世博会。

无论什么时候死去都不后悔，这就是我的人生信条。上午的事故也是一样。就算我真的为救柊子而死，想必也无怨无悔。一个人能这样活着，大概就是幸福的模样了。

“啊……”

蓦然回神时，资料早就打印完了。我晃晃脑袋，让思维转入工作模式。

我装订好资料，大致读过一遍，将其中一份递向莲菜。

“久等啦！您的资料，请慢用——”

我开着玩笑。就在这一瞬间，视野中的景象开始剧烈摇晃。

“咦，这……”

天旋地转，就像蹲了太久突然站起身。我试图稳住身体，可双腿全然使不上力。伴着一声巨响，我摔倒在了办公室的地板上。

地上虽说铺了地垫，可这样毫无防备地摔倒，仍然有可能受伤。同事们听见巨响，同时望向这边。

“吓了一跳，怎么了？”

“喂，没事吧？”

“你看，早就说你太乱来了，万一伤着了怎么办——”

莲菜苦笑着要拉我起来，可眨眼间，她的表情僵住了。

我脸色发青，呼吸粗重，她见状立刻知道不妙，慌慌张张地跪在我身边。

“小缘！你……喂，你怎么了？！”

我连气都快喘不上来了，拼命向莲菜求助。

“莲菜……叫救护车……还有，我的包……”

莲菜一把抓住我的包递过来，紧接着掏出手机开始联络救护车。

我颤抖着手，在包里搜寻——没有，本该在那里的东西不见了。我一下慌了。

找了又找，怎么也找不到。包里本来应该备着很多药才对。

意识逐渐模糊，我回忆起来了。今天早上，我救柊子的时候，把包扔了出去。

——完了……里面的东西掉在站台上了……

办公室里陷入了骚乱，我也彻底失去了意识。

漆黑的世界里，浮现出一缕模糊的意识，我缓慢地思考着。

我知道这一天迟早会来。因此，在真的陷入这种境况时，我竟意外地还算冷静。

说不定，我今天总是忍不住回忆过去并非出自偶然，而是我的身体察觉死期将至，特意将往事回放了一遍。

——谢谢你啦，身体。

身体它一直都很努力。不管我怎样乱来，它都毫无怨言，尽量满足我的意愿。现在该轮到我回报它，让它好好休息了。

没关系，我心中毫无遗憾。一路走来，诸多任性，正是为了今天能够这样想。

睡意逐渐袭来，我打算放手了。

——等等。

些微焦灼感涌上心头，微弱的意识又有了反应。

——就一个……我好像，还是有一个遗憾。

不是工作或私人生活上的事。从很久很久以前开始，某种心情就一直埋藏在我心底，随着时间推移渐渐变得理所当然，以至于我几乎快要遗忘了。可是，它是如此的重要。

我仔细地在心中搜寻，找到那份“心情”，指尖轻轻触碰。

一瞬间，炫目的光照亮了我的视野。

* * * * * *

冷风袭面，我睁开双眼。

难道说人死后的世界也有光和风？然而，这个小小的疑念，却在我看清眼前非同寻常的风景时，立即被抛到了脑后。

“咦？”

我正站在一扇打开的窗户前，手扶窗框。放眼望去，已经是黄昏时候，可目之所及的景色明显跟我们公司外面的不一样，怎么看都是别的地方。至于我，正站在离地面约十米高的位置。

从上往下望，沥青路面令我一阵晕眩，我赶紧小心地后退，脚后跟却被什么绊了一下，险些摔倒。我慌里慌张地站稳，低头一看，只见脚上正穿着一双小巧的白色室内鞋。多半是由于我穿着袜子，脚后跟那里偶然滑脱了。这种鞋子，自从我毕业走上社会以后就再也没有穿过了。

应该是医院为我换上的吧。我寻思着，转过身，顿时又因眼前的景象而哑然。

不是医院，而是学校教室。从桌椅数量和教室环境看，不是初中就是高中。教室里除我以外空无一人，只有夕阳斜照，染红一面墙壁。

这就是传说中临死之人会看到的“人生走马灯”吗？这种想法刚掠过脑海，就立刻消散。教室内，无论教学设备、备用品，还是墙壁、地板，全都光洁如新，与我曾经就读的脏乱差的公立学校判若云泥。窗外的风景也不一样。在我的记忆中，学校外分明是一派闲适的田园风光。

“这……”

——完蛋了啊！这完全就是梦游病发作，非法侵入了人家学校啊！彻头彻尾的犯罪分子啊！

真没想到我竟然病得这么严重。好不容易享受过人生，正要满足地退场呢，要是这种犯罪新闻通告全国，我的晚节可就不保了。

我慌了手脚，想要偷偷溜出学校——怕什么来什么，一个穿着疑似本校制服的少女迎面撞见了我。

“啊呀……”

少女一脸诧异。我不等她开口，抢在前头一鼓作气地解释：“不、不是的！不是你想的那样！我一醒来就在这里了，真的不是我要……”

“吓、吓了我一跳，我还以为大家都回去了。”

“我才吓了一跳呢！突然就到了这里——咦？”

突然意识到少女的反应有点儿奇怪，我挥舞的双手不由得僵在了半空。

少女却没怎么搭理我，径直从我旁边经过。

“户张同学，你也忘了东西吗？还是小心点吧。要是被淡河同学知道了，你都能想象到她会说什么……啊，我可没什么别的意思。”

“啊，嗯……嗯？”

我还一头雾水呢，少女已经利索地取回东西，塞进书包，转身出门。

“那明天见啦，户张同学！”她简洁地向我告别，接着快步离开。

直到最后，她都没有说一句指责我的话。可我无法因此而高兴。

——明天见？户张……同学？

后背凉飕飕的，我有种不祥的预感。

犹如被鬼追在身后，我飞奔进洗手间，朝镜子里一看——呆住了。

镜子里映出的不是穿着病号服的二十六岁的我，而是一名身穿漂亮制服的少女。而且，那梳在脑后的双马尾，不施粉黛的稚气面孔，再怎么看也不是年轻时的我。

毫无疑问——这张脸属于今天上午险些被电车碾死的少女，户张柊子。

我试着举起右手，然后歪歪脑袋。

镜子里，户张柊子也做出了一样的动作。

再也没有怀疑的余地了。我凑近镜子，近得鼻子都快贴上镜中的我了。

对着那个我，我忍不住大叫：“怎么搞的啊啊啊啊！！！”

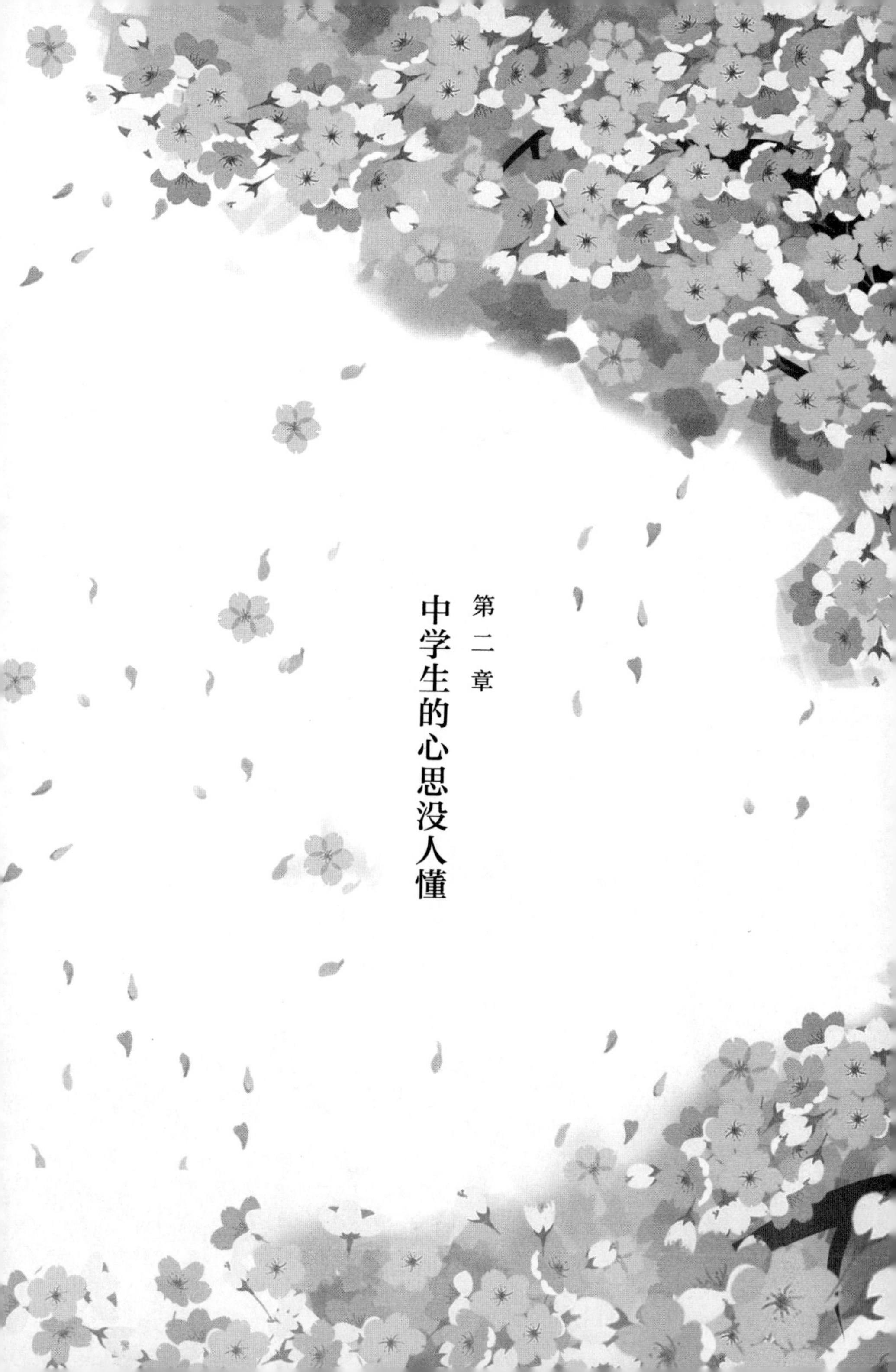

第二章

中学生的心思没人懂

我跑到了初中女生户张柊子的身体中！

一阵呆愣后，我终于意识到这不是在做梦，顿时慌乱起来。

我先假装是“赤月缘”的亲人来联络公司，得知那边已经将“我”送进社区医院了。紧接着，我又给医院打电话，确认了我的身体正在住院的消息。我赶紧掏出手机，查看地图与定位，发现医院与我目前所在的学校离得不远。

我冲上人行道一路狂奔，像一个短跑运动员，路上行人惊得连连眨眼。转眼间，我跑到了医院，上气不接下气地询问病房位置。大冬天的，我却满头大汗，问询处的人都看呆了。但我根本顾不上理会他人，一得到回答就直奔病房。

冲进病房的那一刻，我看见自己的身体正坐在床上眺望窗外。

听到开门的动静，床上的赤月缘回过头，与我对上了视线。

“啊，你是……”

“果然在！真的是我！”

我看见自己的身体安然无恙，放心之下，不禁大叫。可正占着我身体的那个人却皱了皱眉，略觉困扰。

“请安静一点……这里是医院。”

——不好，“我”也太冷静了！

我漫不经心地关上门，对着床上自己的身体上上下下一阵乱摸，头顶冒出了无数问号。

“怎么回事，到底发生什么了？我是谁？你又是谁？咱们这是到哪儿了啊？”

“不是说了吗，这里是医院……先冷静下来梳理一下状况吧。还有，请不要再捏我的脸了。”

“明明是我的脸啊！”

这对话真够混乱的。不过，我总算冷静下来，拉了把椅子坐到床边，开始询问情况。

现在占据我本来身体的，果然就是今早险些被电车碾死的少女——户张柊子，而她也正是我目前身体的主人。户张柊子是私立云雀岛女子中学的一年级学生，隶属于园艺部。今天，她在教室里发呆时，被一阵睡意席卷，再睁开眼就到了我的身体里。

她一小时前才刚醒来，接受了医生的简单诊疗，被告知需要继续住院接受治疗。事发突然，她也云里雾里的。但她审时度势，认为与其随意说话、行动，还是暂时静观其变更加安全。

整个事件原理不明，但事实是明摆着的：我与柊子发生了彻底的意识交换，进入了对方的身体。

我站起身，对着病房内的镜子仔细打量。理所当然，镜子里的面容没有一丝我的影子，可是明明在镜子前动来动去的是我本人啊。强烈的错位感冲击着我。

“真的很难相信啊，可也只能相信了……幸亏柊子你没有惊慌。万一你跑出医院，咱们错过了，没准今晚就只能在街头打转了。”

“是您太不冷静啦……话说回来，轮到您说说您的事了。您为什么会住进医院？”柊子一脸无奈地询问。

我也没什么好隐瞒的，坦然自报家门。先是姓名、年龄和就职公司，接着又说明了自己身患疾病、命不久矣的现状。

柊子闻言举起“我”的手臂，仔细审视。

“……这样啊，现在倒没什么感觉。”

我原本以为，她得知那副身体时日无多后，多少都该有些惊慌，没想到她十分冷静。当然，不能排除她只是因为事发突然，还没有完全理解现状的可能性。但她处变不惊的魄力仍然值得我学习。

话又说回来了，听她说“没什么感觉”，我还是挺意外的。

因为我心里认定“我”的一只脚已经踏进鬼门关了。今早在车站一番乱来，导致了疾病发作。不过，意外归意外，如今得知病情没有加重，我还是很高兴的。

“虽然还是得小心，但病情看样子已经控制住了。你待在医院里，万一出事也能马上诊治，就先放宽心吧。我在意的只是，我们这个意识交换现象——”

“嗯？”

“——不知道什么时候才能再换回来，但应该不会持续太久的！”

我话说到一半又改了口。

我本来想说：“在意识交换现象结束之前，‘我’的肉体要是死了可怎么办？”不过，柊子还是个中学生，我不想说这么不吉利的话。要知道，万一“我”死了，柊子的意识说不定会跟着死去。

柊子疑惑地看向我，我一拍手就转移了话题。

“你……不对，我？啊，真是好乱啊！总之就是我们俩吧，除了‘今天早上差点儿被车碾到’之外，还有过别的接触吗？你有没有什么头绪？”

柊子默然低头，若有所思。随即，她静静地摇了摇头。

“……想不出来。我今天早上是第一次与您说话，当时也没有感觉到交换的征兆。”

“这样啊，说的也是。呜，受不了啊！怎么办才好呢……”

我本想着，要是能找到我与柊子的交集，没准能以此为切入点解决事件，可看样子问题没那么简单。毕竟，我的年龄都快是柊子的两倍了。

我抱着头，烦恼不已。柊子叹一口气，提出了建议。

“我们暂时也只能以对方的身份生活了吧？这可不是找谁商量商量就能解决的问题。”

“话是这么说。不过啊，‘我’正在住院，倒是没什么问题，可是你还要上学啊……要我扮演中学生，我不知道能不能行。”

我踏入社会多年，自信积攒了不少经验，但扮演初中生的经验实在是没有。至于我自己的初中记忆，多年过去，已经很模糊了。

柊子见我踌躇不决，直截了当地下了结论。

“就算做不到，现在也只能去做了。您不用太担心，只要做事别太出格，就什么事都不会有。现在是冬天，园艺部又没有活动。”

多么客观的见解啊！我看着柊子，不由得心生敬意。

“……柊子，你好镇定啊。相比之下，我反而像是个小孩子。”

“实际不就是吗？”

“你够了啊。”

我居然被一个中学生开导了，实在是太不成熟了，没准是我的心智随着肉体一起退行了。

我打定了主意，要以一名中学生的身份活下去。随后，我仔细询问了户张柊子的住址和家庭成员，还得知明天的作业和上课所需的物品都记录在书包内的联络册上。然而我飞奔出学校时压根儿没拿书包，所以只能先回校一趟了。

情报获取结束，我从椅子上站起身。

“好，那我明天再来。我家里人跟同事可能会来看望你，你就仗着自己是个病人，随便糊弄糊弄吧。反正 LINE① 上的消息都由我回复，我会尽量让他们放心的。”

“感觉好随便啊……”

“哈哈，细节嘛，我们就都别在意了。”

我握住门把手正要离开时，柊子叫住了我。

“缘小姐。”

我回过头，只见柊子用极其严肃的目光看着我。

被“自己”的目光紧紧盯住，一时令我动弹不得，心跳都莫名变快了。

“如果我们的意识永远都换不回来了，您打算怎么办？”

她的话语如同拥有重量，敲击着我的耳膜。

我不明白她的意思，立刻反问：“为什么要问这个？”

“假设而已。毕竟也不能排除这个可能性吧？”

① 即时通信软件。——编者注

她说得也有道理。假如这个意识交换现象真的是完全随机且不可逆的，那我真就没有一点办法了。

我想到那样的未来，心情有些暗淡。

“那还是有点儿不妙吧……你被硬塞进一具病恹恹的身体，我还想要用那具身体了结一些遗憾呢。”

“也就是说，如果遗憾解决了，您对现状就再也没有不满了？”

“啊啊，行啦，还是别聊这个了！”

面对柊子连珠炮般的追问，我有些强硬地打住了话头。

如果一定要聊假设的话题，我宁愿聊点乐观、明快的。

“你突然被卷进这样的怪事，难免会不安。不过光是担心也没用。往极端里想，说不定明天一觉睡醒就全都恢复了呢？”

“这也未免太极端了……”

我一拍手，走到柊子的床边。

“总而言之，为了尽快摆脱这个奇怪的现象，我们都加油努力吧，如何？”

说完，我把初中女生的小手伸到柊子面前。

过了好几秒，柊子总算理解了我的意思，从被子里伸出右手，握住了我的手。

“……是。”

那只手明明不久前还属于我，现在却冷极了。

又一次，我被迫明白了——我在这世上的存在有多脆弱。

第二天，天色静冽如冻。

我站在柊子就读的私立云雀岛女子中学门前，呼出腾腾白气。现状如此怪异，我心中某个角落却雀跃不已。

这可是睽违十几年的中学生活啊！学校虽不是我当年那一所，但这无关紧要。我马上就得扮作另一个人在这里生活，紧张归紧张，可自然而然地，同等程度的期待之情也在我胸中膨胀起来。

不知不觉，昨天与柊子在铁轨上的对话浮现在脑海中。

——也许，我们有不少相似之处。

所以，没问题的，我们两人很相似。我借着围巾的掩饰，微动嘴巴为自己鼓劲，毅然踏进校门。就在这时，一名少女跟我打起招呼。

“早上好，户张同学。”

少女的美貌闯入眼帘，我不由得呼吸停滞。

乌亮的长发，不见一丝凌乱，发丝间摇曳着银河般的光辉。肌肤白得透明，清秀细长的眼睛里蕴藏着坚定的意志。高挑的身形更是锦上添花。今天天气寒冷，可她身上不见一件防寒衣物，红色领结骄傲地飘动在胸前。

我的领结也是红色的。看来少女与柊子一样，都是一年级学生。

少女太完美了，我不由得有点儿畏缩。她却亲切地与我寒暄：“今天天气特别好呢。”

柊子竟有如此出色的友人，我由衷地为她感到高兴。我将围巾拉低一点，露出满面笑容，礼貌回道：“嗯，早上好！那个……淡河同学！”

我通过少女胸前的名牌确认了她的名字，顺势望向洁净如洗的冬日天空。

“天气真的很好耶！冬季的天空一旦放晴就显得非常高远，光是看看，人就变得精神起来了！”

看着我激动得几乎要手舞足蹈的样子，名叫淡河真鸨的少女略显诧异，语气含混地附和：“是、是啊……没错，正如你所说。”

“嗯？你怎么了？”我讶然反问。

淡河见状回神，摇摇头。

“不是，没什么大不了的……只不过，感觉你和平常有点儿不一样……”

“是吗？我一直都这样啊。”

我毫不露怯，一口咬定。

我的态度堂堂正正，淡河见状却连连眨眼，喃喃道：“这样啊，那就好……”

我们一边漫步，一边聊天。这时，身后传来其他学生的声音。

“早上好，会长。”

“我很期待您今天在学校集会上的发言。”

诸如此类的话语传进耳朵，我的心脏漏跳了一拍。

——咦，会长？我吗？所谓的发言难道也是我的工作？

“十分感谢，那就敬请期待了。”

——不是我啊……就是说嘛。

旁边的淡河含笑回应着。我闻言长长地松了一口气。

柊子从没说过她是学生会会长。而且，学生会会长通常都是经由选举产生的，柊子才一年级，再怎么说也不可能就——等一下？难道说……

“淡河同学，你才一年级就当上学生会会长了？”

我睁大了眼，瞪着淡河胸前那与我一模一样的红色领结。

淡河费解地皱了皱眉头。

“哈？这都多久了，你说什么呢？”

“好厉害啊！”

我大为惊叹，不假思索地抓起淡河的手，随着白色的呼吸一道吐出欢声。

“还要发言，你肯定很紧张吧，不过，加油啊！我也会期待的！……你、你们怎么这个表情？”

不仅淡河，边上另外两个女生也呆若木鸡地看着我。我冷静下来一想，也发现了问题。按照常理，我不可能连自家学校的学生会会长都不认识。

置身暌违已久的校园生活中，我一不小心兴奋得过了头。我挠挠脸颊，为了糊弄过去，语速飞快地一口气说道：“不……不好了！我好像还有作业忘了做，先走了！拜拜！”

不等话音落定，我就小跑着奔向校舍入口，裙摆翻飞。

剩下三个人还站在原地，呆呆地说不出话来。

“……户张同学到底怎么了？”

“我也想知道啊……”

学校集会在体育馆举行。

不愧是私立学校，体育馆相当宽敞。即便如此，当全校学生齐聚一堂时，仍然产生了不小的压迫感。

她们的视线全都集中在一处。讲台上，学生会会长淡河真鸲全神贯注，从容不迫，朗声开口：“‘我才是个中学生而已。’这样天真的念头，赶紧舍弃吧。”

语气、姿态，全都在传达她是那么擅长演讲，以至于完胜三流的政治家。不知不觉，我挺了一下腰。

真鸲扫视台下的学生队列，眼神堪称凌厉。

“中学时代只有一次，也只有一种正确度过的方式，那就是为将来成为合格的劳动者而努力。我们必须在中学校园里掌握适当的技能，构筑适当的关系。做到这两件事，光明的未来必将到访。无知者有罪，怠学者为耻。在座的各位学生，请务必铭记这一点，专注学业，勤勉不懈……”

我站在队列中聆听真鸨的演讲，震撼到只能小声慨叹："哇……"

她就像一个老师——不对，更胜老师。可能也有学校不同的缘故吧，她跟中学时候的我简直一个天上一个地上。我读中学的时候，成天爱聊的无非就是选秀节目或者花样滑冰，拿到真鸨面前一比，多少有点儿没眼看。

不用说，我丝毫不打算否定或嘲弄真鸨的观点。人能趁着年轻努力奋进是好事。这所学校有她领头，显然是不必忧心将来了。

体育馆中空气紧绷。这也是积极的表现，我确信不疑。

"淡河同学的演讲好棒啊！"

一从体育馆回到教室，我马上向邻座女生搭话。

为了更加了解柊子，还是多找机会与班上同学接触接触为好。而且，我作为一个社会人，对淡河真鸨的演讲非常有共鸣。

"她才读初中，竟然就把将来的事考虑得这么清楚了，我也绝对不能输啊！"

我的感叹发自内心，邻座女生却答应得很含糊。

"是、是啊……确实很棒……"

看她的表情，不像是心存异议，更像是在畏怯着什么。

不等我发问，教室某处传来一道嘲讽的声音。

“什么‘将来的事’啊？搞笑。”

声音绝不算响亮，却清楚地传进了我的耳朵。

说话的学生一眼都没往我这里看，话却显然是对着我说的。旁边站着的另外两个女生也像是故意要让我听到一般，口吐恶言。

“不就是借着她爹妈的光在那儿摆谱吗？”

“哎，人家可是精英大小姐，我们这群没出息的，入不得人家的法眼。”

咦？接连两句话打了我一个措手不及。

另外几个学生却听不下去了，轻蔑地开口反驳。

“哇哦，这就来了，嫉妒的样子好可悲哦。”

“有空发牢骚没空学习，德行。”

危险的气息在教室内游走。

先前口吐恶言的女生一拍桌子，恐吓地质问：“哈？你说谁？”

“谁答应就是谁呗。”

双方你瞪我，我瞪你，矛盾一触即发。

这时，一个凛冽的声音横插进来。

“发生什么事了？”

晚大家一步、刚从体育馆回来的，正是淡河真鸨本人。

剑拔弩张的气氛顿时消散。出言不逊的几个学生肉眼可见地慌了。

“没、没什么……”

另一边却爽了，乘胜追击，直接指着对面告状。

“她们三个在说淡河同学的坏话。”

“别、别瞎说！我又没提名字，你怎么知道我在说谁！”对面丢下这么一句，坐回座位，再不看这边了。

这群学生怎么都怪怪的？我心生疑惑，看向真鸨，她正优雅地走向自己的座位。

“淡河同学，借一步说话。”

我们来到僻静的走廊，我将刚才的事简略地讲述了一遍。然后，我关切地询问真鸨：“淡河同学，她们说得都好过分啊，你没事吗？要是受了什么欺负，可以找我商量的。”

听了我的话，真鸨一时没吭声。

我纳闷地窥探她的表情。

“……淡河同学？”

真鸨盯着我，目不转睛，像要把我的脸盯出一个洞。然后，她一眨眼，摇了摇头。

“没什么，抱歉。只不过，我没想到你会这么说。”

接着，她露出了温和平静的微笑。

明明才遭人背后诋毁，可她的神情中却不见一丝介怀，反而充盈着无限的自信。

“刚才的事没什么好在意的，不是吗？不如说，这正是看清某些人的大好机会。演讲的时候我也说过了吧，每个人都应该严格挑选同伴，构筑适当的关系。”

“是、是这样吗……”

背地里说人坏话的小人，多看他一眼都算输了——道理的确是这个道理。可真鸨的话语里不见一丝迷茫，纵使我在社会上打拼多年，仍旧被她的气势压倒了。我深切地体会到当今的中学生是多么出色……虽说可能只有真鸨是这样的。

我叹一口气，试图尽力表达我的赞赏。

“淡河同学，你真的好厉害，才读中学就看得这么透彻。”

“……你也在读中学吧？”

“是没错啦。”

面对真鸨的反问，我随口敷衍。

幸运的是，真鸨没再追问，而是换了话题。

“说起来，今天也没在学校见到她呢。雾岛夏海最近怎么样了？”

雾岛夏海——这个名字我还是第一次听说。此时此刻，她与柊子的关系完全不明。

我稍作思考，圆滑地点点头。

“雾岛……唔，就那样吧。”

听我这么说，真鸨不知为什么显得非常满意。

“那就太好了。”

“……太好了？”

我心中莫名一阵躁动。

真鸲不知道我的心境，频频点头，自顾自地得出了结论。

“你能做出这么明智的判断，我真的很高兴。我果然没有看错，你是为数不多能与我比肩的友人。”

扔下这一通话，真鸲飒爽地回了教室。

我站在原地，不祥的预感姗姗来迟，一阵阵地涌上来。大冬天的，我却直冒冷汗。

——莫非，我这一上来就连踩了好几颗地雷？

随后的课程比我预想的还要顺利。我平安度过了一整天，一到放学，就立刻赶往柊子所在的医院。

然而，当我穿过医院大门，准备去病房找柊子时，一个声音叫住了我。

“哎呀，这不是柊子吗？”

好险，我差一点没反应过来，幸亏及时想起了我现在就是户张柊子。我循声回头，果然见到两个人正看着我。

两人并肩站着，一个是身穿便装，与柊子差不多年纪的少女，另一位大概是少女的母亲。我看她们面生，不知是不是柊子的同学及其母亲。

那位母亲却不知道我心里的念头，满心以为认出了我，笑容满面地上前问候：“果然是你！好久不见啦，柊子，你还好吗？”

“啊，嗯，这个……就还行吧……”

事已至此，我也不可能开口问“您是哪位”，只能拼尽全力挤出讨喜的笑容，心里一个劲儿地挠头。这下可麻烦了。

不过，那位母亲对我笑脸相迎，旁边的少女却一脸不快。她脸上阴云密布，眉头紧蹙，看都不看我一眼。

母亲见状，责备般轻轻一拍少女的背，催促道：“夏海，怎么了？好好跟人家打招呼。”

这名字听着耳熟，我不由得低声重复。

“夏海……啊。”

眼前的少女莫非就是淡河真鸨提过的雾岛夏海？她没去学校，却来了医院，看来是身体出了问题。

被唤作夏海的少女嘴巴几乎没怎么动，回了母亲一句：“……那种事，算了吧。”

母亲不知所措地叹一口气，重新转向我，询问：“柊子，你怎么来医院了？身体不舒服吗？”

“啊，没有……亲戚住院了，我过来看看。我自己嘛，您也看到了，活蹦乱跳的。”

为了自证健康，我举起握拳的双手。

这一举动似乎惹恼了夏海，她冷冷瞥我一下，讽刺地说：“哦，是吗？可真棒啊！”

“夏海，你这孩子！为什么又闹脾气？快跟柊子道歉。”

母亲的责备变得严厉起来。可夏海无视了她，快步走远。

“我去一下厕所。”

不等母亲叫住她，她便转过拐角，不见了人影。

夏海的母亲一脸过意不去地皱皱眉，对我道歉："实在不好意思，夏海最近老是这样。"

我飞快地瞥了瞥夏海消失的拐角，心一横，发问："阿姨，夏海她是身体不舒服吗？"

"嗯……上周她在学校晕倒了。医生说，多半是因为美术部的比赛压力太大。"

那就是自律神经失调了。我也经历过类似的事。不过，夏海才刚升上初中就得了这个毛病，未免有些可怜。本该是在全新的环境里一展拳脚的时候。

母亲的话还在继续。

"症状倒不严重，可她不想去学校，还总像刚才那样胡乱撒气，最近越来越频繁……我总是忍不住想，她是不是还有什么事瞒着我。柊子，你知道些什么吗？"

"没、没有，我也没什么头绪……"

话头突然转向我，我连忙摇头。关于夏海，柊子一个字都没跟我提过。

夏海的母亲听了我的回答，一脸遗憾，但很快又对我温柔地微笑起来。

"这样啊……不过，我家这个不成器的女儿，亏得你愿意一直与她交好。要是以后也能这样，我就太高兴了。要知道，你可是夏海心里最好的朋友。"

“最好的朋友”几个字让我一阵高兴。我忘了这是柊子的身体，全心全意，用力一点头。

“是！”

说干就干。我来了精神，也不急着去跟柊子交换情报了，就在洗手间外等候夏海。

今天在学校，真鸰提到我疏远了夏海一事时，说的是“太好了”。背后的理由我不清楚，也不在意。除了那些背后说人坏话的小人，我想尽可能与不同的人友好相处，让人生变得更加丰盈，就跟当年一样。当年，还是小学生的我封闭了自己的心，却因与一名少女的邂逅，生活从此改变。

夏海是我最好的朋友，当她消沉难过时，我想陪伴在她身边。

这时，夏海出了洗手间，一看见我就毫不掩饰地皱起了眉。

“……干吗？”

现在，我已经知道她是由于心理疾病才说话带刺，自然不会再害怕。

我一心想让她打起精神，张嘴道：“夏海，你完全不用在意自己生病的事哦！不管什么烦恼都可以跟我倾诉的！再小的事也没关系，我想帮上你的忙！”

真挚的笑容挂在我脸上，夏海见状却僵住了。

我的话让她深受感动——才怪。她面无表情地眨动眼睛，沉默几秒后，总算发出了声音。

“……啊？”

她的声音更加尖锐了，仿佛一根利刺。我有点儿畏缩了，不禁咽下一口唾沫。

怒气萦绕在夏海周围，她逼近我。

“柊子，你在说什么鬼话？自已做的事全忘了吗？”

“……咦？我……说错什么了吗？”

我怀揣着一百分的善意而来，实在不能理解夏海的敌意。这一刻，我终于后悔了，我应该先冷静下来向柊子询问情况的。然而，说出口的话已经收不回来了。

夏海见我一脸惊慌，愣了愣，叹口气，语速飞快地结束了对话。

“行了。看来那件事对你来说根本没什么大不了的，那我跟你也没话好说了。”

接着她快步离开，走向母亲所在的等候室。

我一个人被撇在走廊正中间，手足无措，只能呆滞地叫唤：“咦——？”

搞不懂。中学生的心思，我完全不懂……

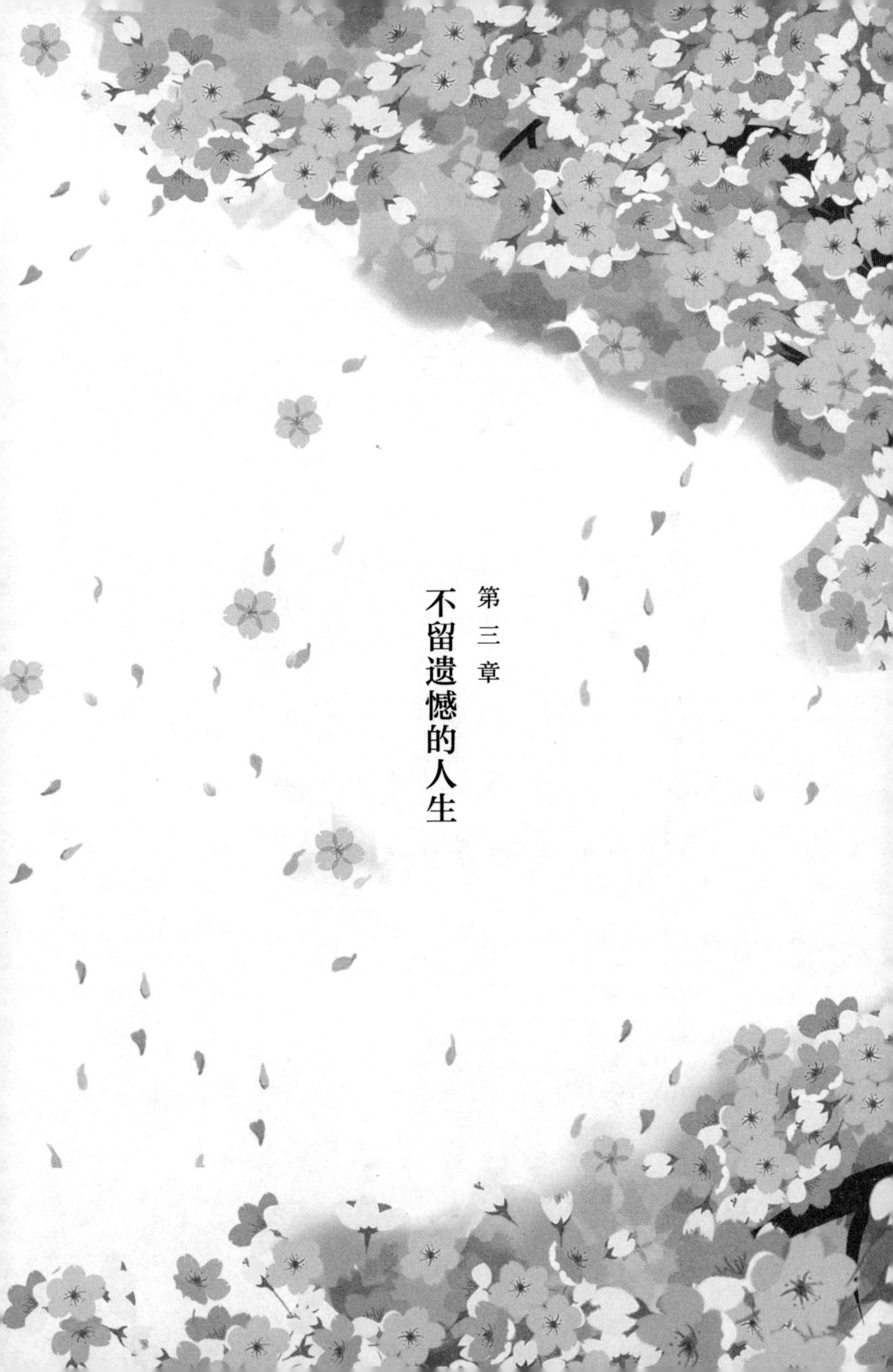

第三章 不留遗憾的人生

“柊子啊啊啊啊——！”

我惨遭夏海嫌弃，带着哭腔冲进自己的病房。

完全没想到比我小了一轮都不止的中学生竟会对我抱有敌意，我趴在柊子床边，抽抽噎噎，说不出一句完整的话。

柊子看呆了，拍拍我的后背。

“请先冷静一点……发生什么了？”

“就是，就是啊……”

我像个小孩子一样哼哼唧唧，把刚才与夏海母女来往的事说了一遍。

听到“夏海”二字的瞬间，柊子的表情明显僵住了。

沉默浮荡在病房中。终于，柊子开口了。

“……这样啊，您碰到了夏海。”

她的语气就像机器人，干巴巴的。

我越来越费解，不由皱眉询问：“到底是怎么一回事？”

我一个局外人实在是看不懂事态进展。自从我与柊子交换身体以来，夏海的嫌弃是我遭遇到的最大的冲击。

“夏海的妈妈说：‘柊子是夏海最好的朋友。’可夏海的态度实在不像这么回事啊。柊子，你是跟夏海吵架了吗？莫非她不去上学也与你有关？”

再好的朋友也一定会吵架。不过，就算从这个假设出发，夏海的冷漠也太不寻常了。

柊子也是，索性转过脸去，固执地不肯吐露详情。

“这是我跟夏海之间的事，不值得说给您听。”

“话不能这么说吧……”

即使柊子跟夏海一样冷淡，我仍顽强地劝说：“夏海那样的态度，我实在放心不下。现在，你跟我交换了身体，还不知道什么时候才能再换回来。时间一长，再想跟她和好可就难了。你要是肯跟我说说，我说不定就能想个好办法帮你们重归——”

“您是在多管闲事。”大概是被我的纠缠弄烦了，柊子锐声直言道。

我不由噤声。柊子冷冷地看向我。

“您也有可能害得我们关系更差吧？你我交换了身体，原因仍然未知，这种时候就该集中精力处理眼前的事才对，不是吗？”

“是没错啦……”

见我仍是一副欲言又止的样子，柊子甚至懒得再看我，望向窗外，斩钉截铁地下了结论。

“反正夏海不会去上学，维持现状也没问题。”

她说得完全正确，我无法反驳。面对眼下的状况，柊子一个中学生竟比身为社会人的我更能冷静地判断形势。

可是，她的态度太决绝了，堪称冷酷，这莫名让我一阵胸闷。

这样下去真的好吗？人就必须冷静、合理地思考，必须把这样的态度摆在真正的感受之前吗？

“唔……”

——我有点儿难以接受。

我不情不愿地离开医院，回到了户张家。

到了上桌吃晚餐时，我还是难以释怀。大概是心情都挂在了脸上吧，柊子的妈妈开口了。

“柊子，你怎么了？”

我吓了一跳，赶紧堆出笑脸，端起碗。

“没事没事！今晚的土豆炖肉很入味，超好吃！”

我举高碗，笑容满面地夸赞。顺便说一句，这话完全属实。

我夸张的举止十分滑稽，柊子妈妈扑哧笑了。

“你这两天心情很好呀，是碰见什么好事了吗？”

“咦？啊……对！我在学校过得很开心！”

柊子妈妈的话有点儿出乎我的意料，我还以为她肯定要质问“你怎么怪怪的”。幸亏我马上回神，顺着她的话头糊弄了过去。这种时候还是顺着她说话为好，免得她对“女儿”心生怀疑。

妈妈听了我的话很高兴，徐徐点头。

“那就好。最近见你总是一副心事重重的样子，你没事我就放心了。”

随后她没有再多追问，我稍微松了一口气，心里却总有几分担忧挥之不去。

自从意识交换以来，我不得不扮演成柊子，光是应付日常生活就已经焦头烂额了。因此，我实际的外在表现一定相当生硬，对此我是有所知觉的。换句话说，柊子在跟我交换之前，恐怕比我眼下生硬的表现更加地——多半就是因为夏海——钻牛角尖。

——由此可见，与夏海闹翻对柊子来说有多严重。放着不管真的好吗？

不过，我也不可能跟柊子妈妈商量这件事。柊子说得没错，目前最重要的是我能举止自然地扮演好“户张柊子”的角色。

晚饭后，我洗澡、刷牙，着手准备明天上学的东西。一个不小心，橡皮从笔盒里掉了出来。

橡皮在地上一弹，意外地跳进了床底深处。我竭力伸长手臂，指尖一碰到某个东西就拼命往外拖。

“……嗯？”

指尖的触感不太对劲。我一看，从床底拖出来的不是橡皮，而是一张折叠的纸。

纸张展开，一幅可爱的肖像画跃入眼帘。画是用彩色铅笔画的，画技稚拙。可画中人那张灿烂的笑脸深富感染力，让我不由得体会到作画者有多用心。

画中人应该就是户张柊子。作画者将她的特征抓得很准，描绘出了柊子柔和的眼角以及那对标志性的双马尾。从长相和画功判断，这幅肖像画大约是在她小学三四年级时画成的。

画既然在柊子的房间里，应该就是她自己画的——吧？

但是，这幅画又是怎么折叠起来，沦落到床底下的呢？

也许只是一不留神才滑到了床下面。

然而，我忍不住又盯着肖像画仔细看起来。

画中少女的笑容天真无邪，毫不掺假，却在我心中翻搅起一阵阵莫名的不安。

一夜过去了，我纷乱的心绪不仅没有平复，反而愈演愈烈。

柊子说我是在多管闲事……不过，柊子与挚友失和的事情，真的跟目前的谜之互换现象无关吗？意识交换以来，两天过去了，还不见一点恢复的迹象。那么，哪怕希望不大，是不是也应该主动去做些什么，而不是一味地等待呢？

我坐在自己的座位上，冥思苦想。这时，淡河真鸨笑着走来。

“早上好啊，户张同学。”

大好机会找上门了。我猛地抬起头。

“啊，早上好，淡河同学。对了，我能问你件事吗？”

“当然了，请说。”

果然，随波逐流、啥都不干不符合我的天性。

既然真鸨答应得爽快，我也就直接问了。

“昨天你提到的雾岛夏海，你知道她为什么不来学校了吗？”

顿时，真鸨僵住了。

她脸上仍挂着温和平静的笑容，可看在我眼里，她更像是失去了变换表情的能力。她试图寻找合适的说辞，最终却只短促地反问了一声：“咦？”

“咦？”我不知道她在迷茫些什么，不觉也发出了同样迷茫的声音。

片刻，真鸨谨慎地挑选着字眼，询问：“你为什么会问这个？”

“嗯？当然是因为担心她了。夏海是我的朋友，要是除了病情还有什么在困扰她，我也想帮帮忙啊。”

当然，我也心存一线希望，觉得这件事没准能成为解决交换现象的线索。但是，即使与交换现象无关，我也不忍心对难过的小朋友视而不见。

真鸨终于理解了我的话，脸上的笑容消失了。她带着一种奇妙的表情，将黑发拂到身后。

“容我忠告你一句，别跟雾岛同学扯上太多关系。这是为了你好。”

她的声线虽然沉静，却暗挟着不必以音量表达的压力，无形地向我迫近。

接着，她夸张地摇摇头，一脸无语，叹出一口气。

“雾岛那样的学生，成天沉迷绘画，玩物丧志，还满嘴豪言壮语，说什么‘要成为画家’，实在是配不上优秀的你。人要是总与和自己不相称的人来往，早晚会惹祸上身。你也是明白这一点才疏远雾岛的，不是吗？”

这一席发言做作得像在演戏。我受到了巨大的冲击，甚至都忘了愤慨。

我压低嗓门免得被周围听见，飞快地追问真鸨。

“这、这么说，夏海不来上学真的是因为我？”

站在第三者的角度看，我的举动一定很怪异吧，就像对自己身上发生过的事一无所知一样。

眼前的真鸨也不例外，困惑的表情藏都藏不住。

“稍、稍等一下，你今天到底是怎么一回事……”

这时，我总算恢复了冷静。虽说我恨不得抓住真鸨一路问到底，可再纠缠下去绝对会惹人怀疑的。

夏海是隔壁班的学生，我记得她妈妈提过她隶属于美术部。那么，接下来还是去找美术部部员打听情况更为稳妥。

“抱歉，我忽然想起来还有急事！回头见！”

说干就干，同时也是为了混过眼前的场面，我飞奔离去，剩下真鸨站在原地，呆若木鸡地目送我。

“……什么情况？”

早晨的美术教室空无一人，结果还是得等到放学后才能过来打听情报。

我挨到放学后的社团活动时间，觑准时机跟美术部部长搭话。部长一脸意外地回过头。

“你问雾岛？的确，我听说她在空教室里晕倒了，可那时候跟她在一起的不就是你吗？你应该了解得比谁都清楚啊。”

我没想到会被反将一军，挠着脑袋，暧昧地掩饰。

“这、这个嘛，确实，可她为什么会晕倒呢，之前是不是有一些异常的表现？诸如此类的，如果您有什么头绪，不知能不能告诉我……”

部长指尖按着下巴，若有所思地喃喃道：“唔……夏天的比赛雾岛落选了，当时她确实很沮丧，但她没有消沉，而是鼓起干劲说，冬天一定要获奖。”

“比赛？”

“嗯，她才一年级就上进心十足，给美术部所有人都打了一剂强心针。”

部长态度稳重，旁边却传来了泼冷水似的话。

“不过啊，雾岛她的考试成绩总是吊车尾。”

开口的是一名部员。我跟部长交谈时，她一直在旁边画画，现在说着话，眼睛也不往这边看。

猝不及防地被插话后，部长没再出声。那名部员逮着机会，说得更加难听。

“她呀，是跟不上我们学校的进度，终于厌烦啦。”

部长目光锐利地瞪她一眼，厉声责备：“三崎！无凭无据的，少说这种话。”

“对不起喽。不过，凭据嘛，我没准还真有。”名叫三崎的部员不见一点畏怯，用唱歌般的声调说道。

她的话似乎隐含深意，我不由得询问：“可以详细说说吗？”

“哦哟，户张同学，你可是雾岛的好朋友，居然不知道吗？”

三崎把画笔往笔架上一靠，露出无赖的笑脸，说了下去。

“雾岛不来上学那天，我负责倒垃圾，看到了揉成一团丢掉的水彩纸。学校可是严格规定了的，画坏了的画必须归入资源垃圾。我还寻思到底是谁乱丢的呢，展开一看——嚯，这不是雾岛为冬季比赛画的画吗？而且，画纸被撕得七零八落。看那样子，不只是对画不满意，根本是打算放弃画画了嘛——”

“真的吗？”没等三崎说完，我一把抓住她的肩膀逼问。

三崎被我气势汹汹的样子吓了一跳，眨了眨眼。

“你、你干吗？我骗你有什么好处啊？我、我话说在前头啊，弄坏那幅画又扔掉的人可不是我……”

三崎嘀嘀咕咕地辩解，先前从容不迫的姿态一扫而空，整个人就像缩小了一圈。

我松开手，没抱什么希望地问：“那幅丢掉的画，你还留着吗？记得上面画了什么吗？”

“我、我才没留呢，内容也不记得了。我既然负责倒垃圾，就得负起责任丢掉啊。而且那种东西留着多瘆人……”

“这样啊……”

我重振精神，继续追问。

“再问你一件事。夏海有没有说过她是什么时候开始画画的？”

“这种事我怎么可能知道？我跟她又不熟。”

三崎不快地背过了脸，没想到一旁的部长回答了我的提问。

“她加入美术部自我介绍时说，以前没有上过美术班，认真开始画画是升入中学以后。虽然如此，但她画得比一般的高年级学生还要好，我是相当钦佩的。”

这些都是十分珍贵的情报。我笑容满面，握住她们的手，传达谢意。

“太感谢了，部长，还有三崎同学！你们帮大忙了！”

不等两人再开口，我匆匆离开了美术教室。

剩下的两个人一时哑然，呆呆站在原地。

“嗯……嗯？”

“不……不客气？”

结束了美术部的调查后，我没有立刻赶往医院，而是先回了一趟柊子家。

我的目标是昨天发现的肖像画，还有柊子的小学毕业相册。后者让我费了一番工夫，才总算在壁橱深处成功寻到。我把它抽了出来。

相册封面印着校舍照片和校徽，看上去很眼熟。这也是理所当然的事。柊子毕业的小学正是我的母校。我当初第一眼看到户张家的地址就隐约意识到了这种可能性。不过，我从小学读到大学，上的全是国立、公立学校，此前一直没有往深处想。

相册翻开，我马上找到了目标人物。“雾岛夏海”的名字和照片，与“户张柊子”排列在同一个班级。

照片上的夏海笑得无忧无虑，与我昨天碰到的她判若两人。

我合上相册，闭上眼睛梳理一番情报，下定决心站起身。

我赶到医院，推开病房门，与躺在病床上的柊子四目相对。

不等她出声，我开口直奔主题。

“柊子，我在学校稍微调查了一下夏海的事。”

顿时，柊子脸色大变。

恼火与焦躁混杂，她怒气冲冲地质问我：“您为什么要——”

“我知道你觉得我是在多管闲事，可我就是没法坐视不管。”

我如此强调，打断柊子的抗议。

柊子似乎意识到为时已晚，老实地陷入了沉默。

我坐在床边的椅子上，从头开始询问柊子。

“夏海是美术部部员，本来正为了能在冬季的比赛上获奖而努力。可是，她为冲击奖项而画的画，在她停止上学前丢在了垃圾桶里。我没有亲眼看见当时的情况，但我听说，丢掉的那幅画损毁很严重，不仅仅像是画得不满意。这件事，跟夏海回避你是有所关联的吧？”

“……”

柊子一语不发，没有点头，也没有断然否定。

我一面小心窥探柊子的反应，一面将从家里带来的肖像画展开在她面前。

霎时，柊子显而易见地慌了神，呼吸都是一滞。我看着她，继续往下说。

“还有一件事。夏海认真开始绘画是在升上中学以后。你房间里的这张肖像，我一开始以为是你自己画的，可这其实是小学时夏海画来送给你的礼物吧？”

柊子眉头微微一动，淡淡反驳我。

“您在说什么？画在我的房间里，当然就是我画的。”

“柊子，你喜欢画画吗？那为什么没有加入美术部，而是去了园艺部呢？”

“加入哪个社团是我的自由吧？而且，又不是每个喜欢画画的人都能成为画家。”

柊子答得毫不客气，不过，她的回答有一点不自然之处。

对于选择园艺部的理由，她一个字也没有提。我看出她在故意回避这一点，于是紧追不放。

“是你的自由没错，可你没理由不加入美术部啊。毕竟，你喜欢画画，最好的朋友夏海也去了美术部。然而，除了这张肖像画，你身边再没有一点绘画的影子，连笔记本边角的涂鸦都没有。”

病床上，柊子掀起眼帘，投来无言的责备。即使如此，我也没有停止追问。

别看我这样——不对，看我这副样子就该知道——我不是那种会轻易放弃的人。

“具体经过我不知道，但我推测，小学时代，由于这幅画，夏海成了你的好朋友，进入中学后还决定加入美术部。现在，你特意将画藏了起来，应该是因为和夏海吵架后不想再看到这幅画，对吗？”

美术部的部长提到，夏海当初一入部就崭露头角。她现在的作品我还无缘得见，仅看我手头这幅肖像画，即使用最宽容的标准评判，完成度也很一般，不可能让前辈另眼相看。如果这真是夏海的作品，应该是她小学时完成的了。

柊子背过脸去，有气无力地反驳：“请不要再信口开河了。缘小姐，您说的这些全是猜测，没有任何证据能证明是夏海画了这幅画。”

“嗯，的确没有。不过，如果你现在也能画一幅肖像出来，我就能判断个大概了。你的手是能动的吧？”

柊子眼睁睁看着她自己的身体递来本子与笔，明显有些慌了。

“这个……”

她踌躇良久，终于完全沉默了。

其实，正如柊子所说，我手头没有半点证据，只是在凭空猜测。可就算猜错了，我也不在意。最重要的是让柊子明白，我是真心想要帮她与夏海重归于好的。

终于——柊子攥紧被子，声若蚊蝇地呢喃道。

“为什么要做这些？”

声音中透出困惑、泄气与些微的期待，柊子眼瞳微润，抬眼凝视着我。

“缘小姐，您为什么这么想介入我跟夏海的事呢？明明全是麻烦，一点意思都没有。”

我隐隐察觉，她想要把我推开的话语不过是一种试探。

为了拭去她的不安，我飞快地回答：“这事儿跟我也有关系。你看，我现在就是户张柊子啊。”

“我不是在说这个……”

由于我故意跑偏的回答，病房内的气氛稍微缓和。

我放松肩膀，仰望纯白的天花板。

“我不想活得后悔。”

不用说，我是第一次与别人互换身体，可眼下萦绕心头的感情于我并不陌生。

我回顾起迄今为止的人生。

“柊子，你应该也意识到了，我之所以会选择一种‘明天死了也没关系’的生活方式，就是因为我生病了。不过啊……‘生活方式’什么的，要是不加以留意的话，马上就会忘记。我之前上班的公司是一家所谓的黑心企业。我每天都为了手头的工作焦头烂额，不知不觉就自私地伤害了很多人。回过神时，我不禁质问自己‘我都做了些什么啊’，也太没出息了吧……”

那时，我不仅仅直接伤害了业务对象，他们周围的人、他们的家人，一定也或多或少都遭受了池鱼之殃。

终于，我禁受不住罪恶感，向上司和前辈吐露了心声，得到的回答却是“社会跟工作就是这么回事”。可是，我的人生太短了，由不得我像他们那样豁达。

“那个时候，我又一次意识到了，生命短暂，挽回的机会稍纵即逝。一件事发生了，如果我心里有疙瘩，那就不能拖延到以后再解决。死亡不知什么时候就会到来，可不管它什么时候来，我都希望能够抬头挺胸地迎接那一天。”

不知多少人说过，我这样的想法天真得像个小孩。但如果所谓的“大人样”就是不讲道理地欺压别人，那就恕我不能从命了。

毕竟，要是一长成大人就失去了对未来的希望，那活着还有什么意义呢？

正因如此，我才能挺身而出救下柊子。我时日无多，剩下的每一天都不想留下遗憾。

“我纯粹是个外人，理解你不愿意跟我谈论敏感问题的想法。不过，犯下过错的痛苦，孤身一人的寂寞，我都曾体会过。所以我真的不想看到你跟夏海就这样走散了。柊子，如果你是因为有什么苦衷才没法去跟夏海和好，你可以让我帮忙的。”

我直视柊子双眼，认真地诉说。

一阵沉默后，柊子像是屈服了，垂下了头。

“……好吧。反正这么下去您迟早都会知道的。”

短短一句话令我不禁展颜。

不用说，我现在才算站到了起跑线上。但我还是很高兴，因为柊子终于肯相信我一点点了。

柊子挠挠脸颊，瞥我一眼，低声开口：“其实我想过的，可能还是全部告诉您比较好。”

“是、是吗？”

“嗯。您奋不顾身地跳下铁轨救了我，还是个社会人士，跟我不一样。更何况……”

柊子说到一半，停住了。

我有点儿纳闷，追问下文。

“更何况？”

“不，没什么。对了，关于夏海。”

柊子轻轻摇一摇头，言归正传。

“缘小姐，您的推测基本准确。小学时，我与夏海一起完成过学校的作业，以此为契机成了好友。我跟她性格不同，曾经有一段时间相处得不温不火。不过，当我遭到班上同学的欺凌时，是夏海挺身而出保护了我……那之后我终于能够对夏海敞开心扉了。我们彼此赠送手工制作的礼物当作友情的证明。夏海梦想成为画家，因此送了我亲手画的肖像。我则怀揣着一个成为植物学研究者的梦，送了她一个发饰。我们约定，一定要支持彼此的梦想。”

柊子语调柔和，饱含着对夏海的深厚情谊。

因此，我越听就越不理解后来的事态走向。

“那……为什么现在会闹得这么僵呢？”

听了我单刀直入的询问，柊子抿紧了嘴，一口气说完：“我否定了夏海的梦想。”

她低垂着头，就快要哭出来了。

微微颤动的嘴角，一言一语，吐露出痛苦的心声。

“我对她说，她梦想看到的风景绝不可能抵达，再努力也不过是浪费时间……因为，在那之前我因为一点误会生了她的气，便自以为是地觉得夏海也在否定我。结果……”

像在寻找合适的词语一样，柊子的叙说断断续续，声音逐渐低下去，终于消没。看她痛苦的神情，恐怕正饱受罪恶感的折磨。

我窥探着柊子的模样，手指抵着下巴，问：“你用她对待你的方式报复了她？”

柊子闻言，默然低下了头。

我合上眼帘，自言自语似的低声说：“……这样啊。也是，无论画家还是研究者，都不是简简单单就能当上的。”

——话又说回来了，虽说我是昨天才第一次见到夏海，但我当时的发言也太糟糕了吧……

昨天的失言没准会让事情变得更加难以收拾。不过，做都做了，懊丧也没用，不如想想今后该怎么去挽回，然后付诸行动。

良久，柊子总算又张开口。

“不过，夏海竟会突然晕倒，这是我没想到的。症状没有严重到需要住院的地步，所以我第二天就去找她道歉了。可她听不进我的话，当着我的面毁掉了为比赛准备的画……现在，她对外是说受不了比赛的压力，需要在家静养，其实应该只是不想见我而已。”

故事讲完了，漫长的静默浮荡在病房中。走廊上，患者、护士来回走动的脚步声显得异常响亮。

我在脑海中将情报整理一番，睁开眼睛。

“柊子，你说的这些事，真的只牵扯到你跟夏海吗？”

听我这么一问，柊子突然夸张地喊出声。

“什么？”

我竖起食指，随口说出我的猜测。

“你看，会不会是别的什么人做了坏事，却让你背了黑锅？以你跟夏海的关系，突然闹得这么僵，实在有点儿难以想象。”

一时间，柊子视线游移，像是拿不定主意。

终于，她发出了蚊子般细微的声音。

“……外部的影响，确实存在。”

病房非常安静，可要是不竖起耳朵，基本就听不清柊子的话。

“第二学期时，我们班的淡河同学当上了学生会会长，那之后学校的气氛就变了。竞选班长或者学生会干部的条件里，加上了学习成绩优秀这一条，同学间还因为成绩而分出了三六九等……第一学期时，明明大家关系都很好的，现在却到处都是反目成仇的人。”

“啧，淡河同学竟然是这样一个‘暴君’啊。”

我眉头紧蹙，虽说柊子说的事我已经隐约察觉到了。

据我调查，淡河真鸨是日本一流的IT企业“淡河集团”的社长千金。我上班的公司用的就是淡河集团的云服务。学校里，不少学生的双亲都供职于这家企业旗下的子公司。家庭的影响力，个人的卓越能力——真鸨坐拥这两大优势，就算成为学校的实际支配者也不足为奇。

这时，我回想起了真鸨说过的话。

“这么说来，淡河同学说你是能与她比肩的友人，其实也……”

“……回绝她的代价太大了。其实我们关系并没有那么好。”

这句话轻到像要消散。随后，柊子坚定地摇一摇头。

“不过，外部的影响并不重要，会跟夏海闹僵全都是我的错。我要是再清醒一点，就不会变成这样……”

字里行间流露出的全是自责，听不出庇护他人的意图。

我点点头，为了让柊子安心，面露微笑。

“明白了，我会尽力的。当然，最终去跟夏海和好的还得是你，但我说不定可以为你们创造一些契机。”

“还请不要太勉强了。要是因为这件事惹出什么麻烦，再想收拾就难了……”

柊子说着说着就有些激动，看来是发自内心感到不安。

一个中学生竟然担心我惹麻烦，这状况多少有点儿滑稽。我用食指点一点自己的头，嬉皮笑脸道：“啊哈哈，没事的啦。别看我这样，姐姐我活得可有你两倍长哦。”

柊子多半是以为我得意忘形了，耷拉着眼皮投来鄙视的一瞥。

“您第一次见夏海时，不是阵脚大乱吗？”

“才、才没有阵脚大乱呢！……可能是稍微乱了一点！但那是因为事情突然发生，我吓了一跳，只是这样而已！”

我突然被击中软肋，气鼓鼓地望向一旁。

过了一会儿，我恢复认真的表情，再次开口。

“还有一件事我很在意。”

“什么？”

面对一脸困惑的柊子，我说出了在学校思考过的假说。

“你跟夏海闹僵的事，也许跟我们这个交换现象有关。”

这才是我执意要介入柊子与夏海之间的最大理由。

瞬间，柊子周身的气氛凝滞了。不过，她并未显得有多意外，看来已经考虑过这一可能性了。

我注视着自己现在这具身体的娇小手掌，将它不断紧握又张开。

“你和夏海是好朋友，那边刚吵了架，这边就意识交换，不像是纯粹的偶然。目前还不明白这一切背后究竟有什么意义，又为什么偏偏是跟我交换，但两件事肯定是有关联的。说不定让你俩和好就是我们换回身体的关键。你说呢？”

听完我这一通猜测，柊子干巴巴地简单附和：“……有可能。”

随后，我向柊子报告了近况，又打听出夏海的住址，离开了医院。

穿过医院大门时，日渐凛冽的寒意迎面袭来，我不禁打了个寒战。近来白昼越来越短，现在才刚过四点，太阳已经西沉了。

我眺望着被染成红色的地平线，回想起刚才的提问。

——柊子，你说的这些事，真的只牵扯到你跟夏海吗？

当时，柊子一听到我的话就目光游移，我印象很深。她如此动摇，任谁都能一眼看出她还在隐瞒些什么。如果我没猜错，她正在隐瞒的事才是本次事件的核心所在。

虽说我的最终目的是换回身体，但事关柊子的感情，我还是想尽量避免强硬的逼问。而且，比起她隐瞒的事，我更在意的其实是——

柊子究竟为什么要隐瞒呢？

＊两年前的起始＊

上小学时，有一回留的课堂作业是：选择一件喜欢的艺术作品，谈谈感想。

学校三楼的走廊设有一个学生作品展示角，大多数孩子都选择了那里的作品。主要理由有二：一是特意去美术馆很麻烦，二是就算看了优秀的艺术作品也未必能明白其中的价值。相形之下，作品展示角利用休息时间就能轻松前往，还陈设着许多很好写感想的作品。

雾岛夏海也跟其他人一样，决定利用展示角来完成作业。只不过，她的理由有所不同。

那条走廊里悬挂着夏海最喜欢的一幅画。画从很久以前就在那里了。对夏海来说，那幅画比任何知名的艺术作品都更加耀眼，更具价值。

作品名叫《冬天盛开的花》，出自十几年前就已毕业的前辈之手。

漫天飞雪中，一树樱花盛开。仅仅就是这样的画面。画中使用的色彩乍一看很少，可正是因为这样，在满墙鲜艳色彩大乱涂的儿童画中间，那幅画显得尤为醒目，画功也出类拔萃，宛如作者曾亲眼见识过那幕梦幻般的景色后，又描绘在了画纸上。

为了完成作业，放学后，夏海前去观看《冬天盛开的花》。

若选在课间过来，这里一定挤满了吵吵嚷嚷的小孩子，无法静下心来。夏海不希望被打扰，想要从容地欣赏这幅久违的画。

谁知当她到达画廊时，竟发现那里已经站着一名少女。少女似与夏海一样，也是为了《冬天盛开的花》而来。她立在画前，一动不动地凝视着，像是看得入了神。

夏海不禁心生亲近之情，试着上前搭话。

“你也喜欢这幅画吗？”

少女吃了一惊，回过头，一脸畏怯。从她的喉咙深处发出含混的声音，慌乱的模样像是要马上逃跑。

“嗯……对不起，我马上就走。”

“啊，没事啦没事啦，我们一起看吧。”

少女被夏海叫住后，过了好一阵仍像在犹豫是否该离开，但最终，她还是顺应内心留了下来。

一时间，两人都没再出声，只是静静地眺望那幅画。

然后，夏海向画靠近，走到隔离绳前，细细观赏画的细节。

“这幅画真棒啊，我特别喜欢。每次一看到它，我就觉得心中涌出了勇气，好像只要努力去做，世上就没有做不成的事。”夏海在自带的笔记本上写完感想，悠悠转向少女，说道，“你叫户张柊子，对吧？我叫雾岛夏海。以后请多关照啦。”

这就是柊子与夏海的相遇。

柊子是慢热的性子，回应得结结巴巴。

“请、请多关照，叫我柊子就好。”

“好，那你也叫我夏海吧。柊子，你也选了这幅画交作业？”

见柊子点头承认，夏海又朝那幅画投去憧憬的目光。

“一次也好，我好想看看这样的景色啊。”

“看不到的。”

与夏海不同，柊子的答复一板一眼。

她淡淡地向夏海解释：“自然老师说过，为植物传粉的昆虫和人类不同，无法调节体温。对樱花来说，冬天开花是没有意义的。所以，大雪中樱花盛开的景色只可能出现在画里。”

一席话说罢，柊子注视着《冬天盛开的花》，寂寥地微笑起来。

“但就算这样，我还是喜欢这幅画。就像夏海你说的，看着这幅画，感觉就像被什么拯救了。嘿嘿，也许这不过是我的错觉……”

“这种事谁都说不准吧？”不自觉地，夏海插嘴道。

柊子说话被打断，又眼睁睁看着夏海迫近，有点儿慌了神。

“咦，等等，那个……”

“老师也不可能了解世上的一切吧？教我们的知识大多是从书上看来的。就算日本没有冬天盛开的樱花，说不定世界上别的什么地方就有呢？就算樱花不行，说不定别的花就可以呢？花朵在雪中怒放，那景色一定美极了。”

种种假设，几乎全是夏海临时想到的。因为柊子哀切的模样映在眼中，让她无论如何都平静不下来。

柊子想象起那样的景色时，眼睛都在闪闪发亮。

夏海抓起柊子的手，欢声提议：“我说，回头我们一起去探险吧。说不定这附近就有冬天盛开的花呢？”

迎着夏海连珠炮似的一大通话，柊子怯生生的，点了点头。

柊子个性内向，不善表达感情。其实这一刻，她心中正充满了温热的喜悦。

随后一段时间，柊子与夏海时常来往。柊子性情内向，面对爽朗的夏海，一时间很难敞开心扉，不过她心里其实很为夏海时常来找自己玩而喜悦。至于夏海，只要柊子愿意回应她的日常问候，她就非常高兴了。

两个人因《冬天盛开的花》而相知，并且都发自内心地珍视这段关系。

她们的关系发生质变是在某一天，柊子被班上的男生弄哭了。

柊子不爱说话，在班上几乎是被孤立的，经常遭到同学的捉弄。她身边也没有能为她撑腰的可靠友人，对她来说，那些半开着玩笑、说话伤人的同班同学是很大的威胁。

柊子热爱手工制作，可那些人总是擅自触碰她走形的小小作品，肆意嘲弄。终于，她忍不住哭了。男生们见状，如同等到了鱼儿入网一样眉开眼笑。

“哎呀呀，户张哭啦。”

“怪得了谁？那么奇怪的狐狸，谁看了都会笑的嘛。”

“才不是狐狸……是小狗……”

“哈？狗？就凭这？别了别了，你打死我算了。”

“我们是为了你好才直说的嘛。”

“就是就是，光知道哭可没法进步哦。”

“你们几个，在干什么好事？！”

夏海刚从洗手间回来，一看到男生们围着柊子，立刻冲他们怒吼。

几个男生吓了一跳。夏海推开他们，扶住柊子的肩膀。

“柊子，没事吧？”

“夏、夏海……”

夏海凌厉地瞪过去，几个男生有点儿怕了，试图辩解。

“也、也太夸张了，我就随便说笑了几句……”

“就、就是，户张就是个哭包，动不动就哭，我们是想让她打起精神才……”

夏海单手一拍桌子打断他们，放声怒吼：“柊子要是哭包，你们就是些草包！下次再敢惹柊子哭，我绝对不会放过你们！”

几个男生都不说话了，在夏海的注视下纷纷作鸟兽散。见到他们走开后，夏海这才气呼呼地回了自己的座位。

直到上课铃声打响时，教室里仍是一片安静。

夏海的警告起到了立竿见影的效果。那天之后，柊子再也没有遭受过欺凌。

然而，新的祸根已经埋下。那群男生中有一个在班上很受欢迎。他那天在教室里当众丢了大脸，结果，一些对他怀有好感的女生开始联合起来排挤夏海。

班上的变化没能瞒过柊子。可她害怕自己再次遭到敌视，鼓不起勇气去支持夏海。反正夏海也不像是在意的样子，装作没看见就好。她一面这样自我安慰，一面陷入了深深的自我嫌恶。

但是，终于有一天，一个女生说的话点燃了柊子心中闷燃的怒火。

“喂，户张同学，你知道吗？”

来搭话的是两个女孩子。她们勾着嘴角，一看就是正在打什么坏主意。

两个人故意瞥一眼夏海，压低嗓门，凑到柊子耳边。

“雾岛她啊，说你又阴沉，又无趣，只会死读书。她这种人就知道背后说人坏话，差劲得要死，你不觉得吗？”

一通告密完全超乎柊子预料，她几乎要怀疑自己的耳朵了。

“……咦，夏海是这么说的？”

柊子难以置信的反问正中那两人下怀，她们马上打开了话匣子。

“对啊对啊。她之前装了那么大一通蒜，其实就只是把你当成个软柿子跟班。”

“你还是小心点吧。大家都说，雾岛同学就是个见风使舵的……”

“少给我胡说八道！”柊子大声吼道。

这是以前从来没有的事。惊愕之下，两个女生全都僵住了。

柊子本人比她们还要吃惊。可她豁出去了，任由愤慨之情驱驰，怒涛般叫嚷：“夏海才不会说那种话！才不会像你们一样随便说话伤人！少糊弄我了！”

那可是夏海啊。是欢声谈论《冬天盛开的花》的夏海，是一次次主动找她玩耍的夏海，是在她哭泣时轻轻抚摸她肩膀的夏海。那样的夏海，绝不会用言语伤害她。

夏海原本正孤零零地坐在座位上，听到柊子的叫喊，不禁回头——四目相对。一瞬间，夏海抽噎一声，哭了出来。

柊子顿时有些不知所措。迄今为止，不管遭遇怎样的对待，夏海总是那么坚毅，她此刻的模样是柊子从未见过的。但柊子仍然拉起她的手来到走廊，朝着僻静的屋顶楼梯走去。

夏海还在抽噎，平日的坚强连影子也看不见。

柊子只好小心翼翼地开口："夏海，你没事吗？是不是……我说错话了？"

夏海摇摇头，用细小的声音回答："没……不是的。我，好高兴的……"

说话间，夏海情绪平复了一些，一吸鼻涕，红肿的眼睛望向柊子。

"其实，班上那些女生跟我说：'柊子私底下说你是个学习差劲的笨蛋。'"

"咦？我才没说过那种话呢！"

凭空捏造的谣言闯入耳朵，柊子既吃惊，又气愤，声音都变调了。

夏海点点头，话语断断续续。

"嗯，我知道她们在骗我……可我又忍不住想，万一呢？结果一直都不敢去找你确认。平时你和我在一起时好像也不是很开心，我害怕你会嫌我烦……"

听着夏海的声音越来越弱，柊子胸口一阵刺痛。

"……这样啊。"

柊子绝不是讨厌夏海的接近。只是，她说话声音小，也不擅长与周围的人保持一致，一想到要与人亲近便总有些胆怯。没想到，她踌躇不决的态度竟然害得夏海产生了这么多没必要的不安。

沉默之中，走廊上传来了上课铃声。

“啊，铃响了……”柊子不由得抬头。

夏海抬起哭肿的眼睛，坏心眼地笑了。

“嘿嘿，要翘课吗？”

柊子才刚在教室里吼了同学，正觉得就这么老实回去有点儿尴尬，听了夏海的提议不禁有些难为情。

夏海不顾地面冰凉，在连接屋顶的楼梯上坐了下来，搓着手取暖，率先开口。

“柊子，我呢，以后想成为职业画家。”

陡然听见这么一句倾诉，柊子睁圆了眼睛。

“真的？还挺意外的。”

若非要给夏海贴个性格标签，她应该属于活泼的室外派。夏海本人对此有所自觉，为了掩饰害羞，挠挠脑袋。

“对吧？连我爸妈都还不知道呢。《冬天盛开的花》让我很感动，我也想画出那样出色的作品，成为一个能感动别人的画家。”

柊子听了夏海诉说的梦想，没有笑，反而用力地点了点头。

“我觉得你的梦想很了不起，我支持你。”

“谢谢你。不过，我也知道这条路不好走。”

夏海脸颊微红，展颜而笑。

见了夏海这副模样，柊子也决定吐露一件深埋内心的事。

巧合的是，与夏海一样，她也从未对任何人提起过这件事。

“其实，我未来想成为植物学研究者。”

听了这句话，夏海不由得定定地看向柊子的双眼。

“植物学……难道你……”

柊子抱紧膝盖，接着夏海的话往下说。

“我想去研究现实中存在的‘冬天盛开的花’。那时你对我说‘说不定世界上别的什么地方就有呢’，我一直记着这句话。”

夏海仰头望向空荡荡的天花板，叹了一口气。

“真是不可思议啊。契机明明都一样，我们两个却追逐了完全不同的梦想。”

“嗯。不过，我觉得能这样朝着不同的未来前进非常棒。”

然后，柊子重新转向夏海，端正坐姿。

“对不起，夏海，我之前不该对你那么冷淡。要是我能早点信赖你，说不定你就不会有那些糟糕的回忆了。”

夏海干脆地摇一摇头，驳回柊子的道歉。

“别在意，我也有点儿太自来熟了。”

“可是……”

见柊子还要再说，夏海明快地提出一个折中方案。

“要不这样，我们互赠一件亲手做的礼物当作友谊的证明吧！”

骤然听见这么一个方案，柊子连眨了好几次眼睛。

“行倒是行……但是做什么好呢？”

“是啊……这样吧，你就做那个好了，平时用串珠做的闪闪发光的那个。我一直都很想要一个呢。”

“那种东西真的好吗？我做得那么差劲，男生都笑话我……”

“我就是想要，所以好得不能再好了！男生怎么想有所谓吗？”

夏海气呼呼的，果断打断柊子的自卑发言。

柊子折服于她的气势，答应了。

“好吧，我会努力做的。你也要做一样的东西吗？”

“唔，也不是不行……不过机会难得，我想送一个更有我个人特色的东西。”

夏海没有明言，可柊子想到了她指的是什么。

“你的个人特色，该不会就是……”

柊子探究的眼神似乎让夏海害羞了。她稍微背过脸，态度与刚才大不相同，嗫嚅着说：“……别笑我啊，我才刚开始画画。”

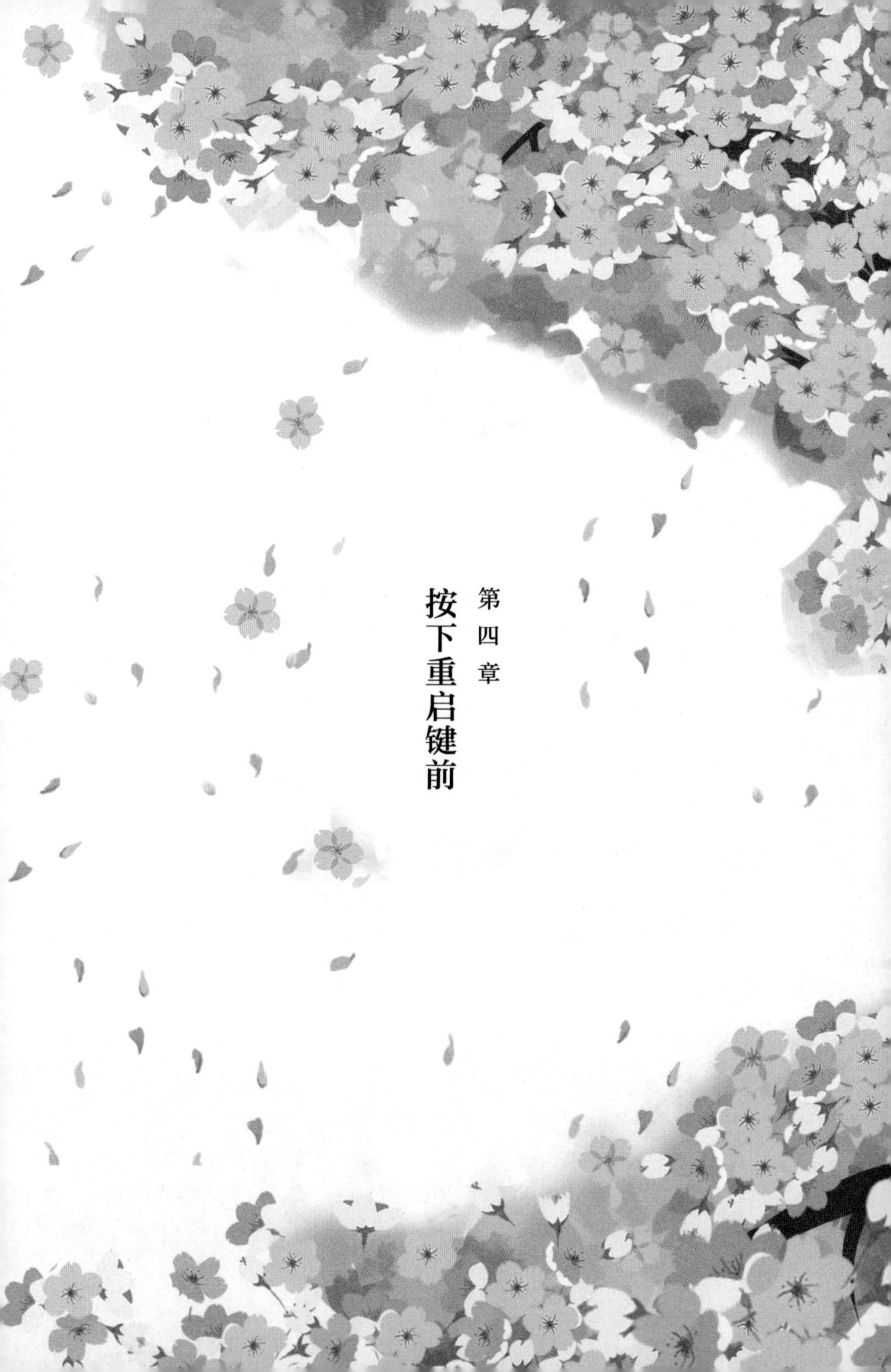

第四章 按下重启键前

又过了两天，新一周的周一到来了，我和柊子仍处在意识交换状态中，没有复原的迹象。这谜一般的现象竟然持续了这么长时间，我心中不禁有些焦躁。

我托腮坐在座位上，沉浸在思绪中。

我越来越习惯中学女生“户张柊子”的生活了，可这绝非长久之计。最近，我原来的身体病情倒还算稳定，但没准什么时候就会再次发作。

总之，最坏的可能性就是我的身体因病死亡，连累得柊子的意识一同死去。留给我的时间已经不多了。我迄今一直慎重行事，避免惹来柊子家人和同学的怀疑，然而现状似乎不允许我慢悠悠地做准备了。

意识交换现象虽说超出了科学解释的范畴，但也不能当成是毫无缘由的。照我看，柊子与夏海的绝交是目前最像样的一条线索——与夏海大吵一架后，柊子陷入了深深的悔恨之中，渴望从中逃离，结果与我交换了身体。因此，眼下占据柊子身体的我必须想办法修复柊子与夏海的关系。一旦成功，我与柊子就能回到各自原本的身体中——先不去想为什么偏偏是我，整件事的前因后果应该就是这样。

为此，我连续两天造访夏海家……该说是预料之中吗？我被毫不留情地赶走，连门都没进成。

“我和你无话可说。”

“搭理你都是浪费时间。”

……老实说，被中学女生骂得这么惨，让我有点儿沮丧。再纠缠下去，夏海可能会更讨厌我，可我别无他途。

然而，万一我做到这种地步仍然无法让交换复原——

“五十岚同学，上周五应该是你值日扫除，你是不是忘记了？”

一个清凛的声音回荡在教室中，将我拉回了现实。

淡河真鸨双臂环胸，正与一名叫五十岚的高个子女生对峙。真鸨冰冷的视线直射对面，五十岚试图辩解：“我、我可是说过了的，我要上补习班，得请假。”

“别再找借口了。你要是有事，就该找个人替代你。”

真鸨的声音充满威严，完全听不出她正在跟比她高了半个头的人说话。两个人明明都是初中生，年级也一样，但那幅光景却如同老师在教训学生。

五十岚求助地望向周围，哭丧着脸抗议：“说到底，突然制订那种规则也太奇怪了吧，我不能接受！”

“我是经由全校选举选出的学生会会长。规定‘每个班成绩倒数的十名学生负责杂务’是为了培养我校学生的好学之心，也是我基于大家的信赖定下来的规则。同学们，我说错什么了吗？”

陡然被叫到，全班同学都吓得一震，一齐从那两人身上移开视线。质疑的声音一个也没有。

真鸨面露愉悦之色，优雅地用手指抵在唇角。

“看，这就是回答。你要是不服气，要么提升成绩，要么当选学生会会长，改掉规则。连这点努力都不肯付出，只知道冲我撒气，真是丢脸。”说完她走向自己的座位，与五十岚擦肩而过时，向她宣告，“你不肯老实认错、反省，必须接受惩罚。整个第二学期，由你一个人负责扫除。我不接受任何反驳。”

“怎么能这样！”

五十岚惊呆了。

可真鸨再也不搭理她，专心阅读起文库本书籍来。

五十岚咬紧了嘴唇，像要忍住眼泪。然后，她猛地拔腿冲出了教室。

这一瞬间，我的身体动得比脑子更快。

“等等，五十岚同学！”

我在校舍入口处追上五十岚，搭住她的肩膀。

她回过头，脸上满是泪水。

“放开我！”

五十岚一把挥开我的手，脱力一般瘫软在原地。

她不断地擦拭眼角，伤心地叫喊：“你不是从没提出过反对意见吗？！想也知道，你肯定跟淡河同学一起在背后笑话我吧！已经够了！这种学校，我再也受不了了！”

她竭力挤出声音，听得我胸口一阵闷痛。

我将手放在五十岚的双肩上，正视她的双眼。

“请不要激动，五十岚同学！听听我说话！”

些微冷静回到了五十岚眼中。

我平和地对她说：“我也会帮你扫除的。两个人一起，很快就能做完了。”

“咦，为什么你要……”

“不管规则再怎么规定，都不应该把杂活全推给一个人干。要是大家不能快乐地学习，来上学就没有意义了。还有啊……”我神色一转，变得认真，对五十岚说，“扫除的时候，我有些事想问你。到时，你可能会觉得我说的话很奇怪，但能请你配合我吗？”

我想问的当然是柊子的事。当前的状况看起来像是我在对五十岚施恩一样，可这种方式不容易让对话内容外传，对我更加有利。

五十岚仍有些不知所措，但总算勉强地点了点头。

“嗯，我是不介意啦……”

我闻言放下心来，向蹲着的五十岚伸出手，将她拉了起来。

我们一道回到教室。不知是不是我刚才突然跑出去的缘故，总觉得很多人都在瞄我。

我先斗胆无视那些视线，走到真鸨的座位旁。

“淡河同学。”

真鸨眼不离书，冷淡地答应：“什么事？如果是为了五十岚同学，话说在前面，我完全不打算撤回惩罚。”

“是有这个意思在，但现在先算了。其实我是有话想问你。”

对于刚才的事，我确实颇有怨言，不过那项规则是在校学生自主通过的，我一个外人没有资格多嘴。更何况，我现在最应该做的是集中精力解决意识交换现象。

我回想起前几天与真鸨的对话，开口询问：“你之前说夏海配不上我，指的是什么？具体来说，是哪个方面、怎么个配不上法？”

真鸨一听，从书中抬起头望向我。错愕、为难的表情浮现在她脸上，她反问我：“……到底怎么回事，户张同学？你旁敲侧击的到底想说什么？”

“旁敲侧击什么？”

我是真的什么也不知道，只能用问题回答问题。

一阵尴尬的沉默过后，真鸨刻意地叹了一口气。

“雾岛同学都已经是个中学生了，居然还在发自内心地相信什么‘冬天盛开的花’哦。”

“……冬天盛开的花？”

当真鸨说出这个词时，我心中惊起一阵莫名的颤动。

复述一遍后，我确定了。我不是仅仅听谁提过这句话。从那字词之间，我感受到了与我紧密相连的亲切与温暖。这感觉似曾相识，我不禁回溯记忆，想要找到它的来源。

真鸨看着我，讥刺地继续道：“植物开花不是为了人类，而是为了在温暖的季节吸引鸟类或昆虫来传粉。连这种小学自然课学过的内容都不知道，真是字面意义上的花田脑袋[①]……当时，说着这些话一笑置之的人，不就是你吗？”

我手指抵着嘴角陷入思考，甚至忘了接话。

——这样啊，那看来两个人争吵的原因就是……

柊子所说的“夏海梦想看到的风景”，不是在比喻她梦想成为画家，而是字面意义上的风景。

我牢牢记住那句关键的话，又问真鸨：“为什么夏海会相信那样的事呢？”

我是很认真地在问的，可真鸨耸耸肩，随口应付道：“我

① 花田脑袋：日语中指沉迷在妄想、白日梦中的人。——译者注

怎么会知道？无非就是她沉迷在旁门左道里，学识浅薄，连神志都被根本不存在的幻想侵蚀了吧？所以，为了不落到跟她一个水平，我们应该严格地挑选友人才对。”

“淡河同学，虽然刚才是我主动找你的，所以很抱歉这么说——你能不能稍微注意一下你的措辞？”我脱口说道，语气强硬。

竟然对着一个中学生较起真来，我也真是没个大人样。然而，真鸨的一番发言充斥着精致的利己主义的味道，让我不禁心头火起。

我深呼吸一次，质问真鸨：“你凭什么断定冬天盛开的花就一定不存在？说不定世界上哪里就有呢？就算现在没有，植物经过长年进化后，说不定明天就有了呢？对此心怀希望就那么糟糕吗？”

真鸨用一种不屑的眼神上下打量我一番，傻眼地摇了摇头。

“我真是看错你了。户张同学，你让我很失望。”

说完，她重新拿起看到一半的书，收回视线，懒得再看我。

她冷冷说道：“既然如此，我也不必再说什么了。你想踏上愚者的道路，还请随意。”

她竟然就这样结束了对话，根本没有答复我。我想，至少也得对抗一下。于是从鼻子里重重呼出一口气。

“哼！”

其实我还憋了一肚子话想说，可休息时间眼看就要结束，我也不想真的幼稚到和一个中学生一般见识。最重要的是，我已经得到了必要的信息。

我回到座位上，带着三分平复心情的目的，思绪又回到了方才的熟悉感上。

——夏海说的“冬天盛开的花”，莫非就是……

放学后，出乎我的意料，又有一个人自愿参加值日，是个文静的女孩子。

五十岚担心地问她：“雪村同学，你真的要这样做吗？”

“别在意，我也觉得学校现在不太对劲。”

名叫雪村的女生一面说，一面拘谨地微微点头。

真鸨胸有成竹，说她代表了全校学生的意见，但果然还是有不少人心怀不满。这所学校底下涌动的暗流日渐暴露在我眼中。

扫除在沉默中进行。我为了寻找话题，问那两个人：“学生会选举时，你们俩都投票给了淡河同学吗？”

“嗯。淡河同学头脑聪明，才上一年级就成了学生会会长的候选人，让人感觉很了不起。而且她领导力很强，我当时真的对她抱有很大期待。”正在清洁黑板的雪村伤心地低下头，回答我。

五十岚原本在擦窗户，听到这里也垂下肩膀，深深叹了一口气。

“其实我投的也是淡河同学。倒不是我讨厌那些高年级的候选人，只不过淡河同学跟我一个班，我就有点儿偏向她。而且，当时想着这不过就是个初中的学生会，谁当选都无所谓，反正也坏不到哪里去……结果她当选后竟然大变样，我真是做梦也没想到。”

气氛变得像葬礼一样沉重。虽然代替柊子来到这里还不到一周，但我管中窥豹，隐约也明白了真鸨平时有多么横暴。

我竖起食指，大胆做出乐观的预言。

“不过，淡河同学已经暴露了本性，下次肯定会落选的吧？”

就算是才貌双全的社长千金，想连任学生会会长也还是要经过选举的吧。现在，她傲慢的一面已经显露无遗，没道理再投票给她了。

我说这话是为了让另外两人安心，没想到她们还是一脸凝重。

“怎么说呢……还是直说吧，希望不大。”

五十岚停下了擦窗户的手，静静凝视玻璃上自己的倒影。

“就拿这个值日的规则来说吧。淡河同学制订的规则，基本能保证全校三分之二的人是受益者。保障多数派，压榨少数派。你跟雪村同学身为多数派，难得你们觉得这种规则不合理，可惜没几个人会和你们一样想。只要全校学生半数以上都是淡河同学的支持者，她下次还是会正常当选的。”

五十岚的分析极为冷静。

雪村刚结束了黑板的清洁，接着五十岚的话说道：“而且，有个词不是叫‘克里斯玛’[①]吗？淡河同学有种惹人沦陷的神奇魅力。她总是充满自信，雄辩滔滔，还是个大美人。你只要听她讲话，听着听着就逐渐觉得只要是她说的就一定全部都对。就连那些被压榨的学生里也有不少她的拥护者呢。”

“没错，真的有，就连我也时不时觉得要被她吸进去了。”

五十岚一脸嫌恶地附和雪村。这所学校简直就是外面社会的缩影。

我在脑海中将情报梳理了一番，话锋一转：“两位，容我问个奇怪的问题。你们记得我跟淡河同学是什么时候要好起来的吗？”

“咦？为什么要问这个？”雪村疑惑地反问。

我态度暧昧地挠挠头。

“抱歉问得这么突然，不过我真的很想知道。就是，那个，想知道周围人都怎么看我。”

“咦？你还真是问了个奇怪的问题啊，户张同学。”

---

① 克里斯玛型权威（Charismatic Authority），基于领导人的个人魅力或超凡特质建立起的权力。——译者注

五十岚惊异地皱了皱眉，不过还是望向天花板，回答了我。

“大概是两周之前开始的吧？那段时间，时不时就看到你跟淡河同学在一起，两个人聊得很高兴。反正，至少第一学期我没感觉你们有太多交集。”

“我的感觉也差不多。这么说有点儿失礼，但你们两个都给人一种不太容易亲近的感觉，所以我当时还挺惊讶的……不过，从上星期开始，你突然变得很消沉，也不怎么跟淡河同学说话了。”雪村先是赞同五十岚的发言，又补充说道。

五十岚一脸费解，紧盯着我，像是要把我盯出个洞来。

“不过你最近又有点儿变样了。总是积极地跟班上的同学说话，今天对淡河同学还是那种尖锐的语气。这跟你之前的消沉有关系吗？”

“这、这个嘛，算是有还是没有呢……啊哈哈……”

大概是觉得我笨拙的掩饰很好笑，五十岚和雪村都放松地笑了。

“看来你也经历了不少事情呀。”

“我更喜欢你现在快活的样子哦。”

“哎嘿嘿，没有啦。”

我一边为中学生的恭维而得意，一边用剩余的脑力思考。

柊子突然变得消沉，十有八九是由于跟夏海吵了架。时间点上，吵架与意识交换正好对得上。看来基本可以确定，两位好友的口角与互换现象有着紧密的联系。

据柊子说，她会与夏海闹僵，部分原因是受到了来自真鸨的外部影响。可从头梳理完事情的经过后，我认为真鸨带来的“影响”绝对不可能那么简单。我第一天来到这所学校时，一度以为真鸨正在遭受班上同学的霸凌。而实际情况呢？说真鸨正在霸凌全校同学也不为过。

可能……真鸨出于某些理由，动用手段，想要把成绩不好的夏海踩上一脚。谁料到事态即将暴露，真鸨眼看不好，把嫌疑转嫁到了柊子身上。两位好友全程被蒙在鼓里，反目成仇，夏海甚至不肯再来上学了。事后，柊子悟到了前因后果，然而事态已经无法挽回。强烈的悔恨充塞于她胸间，导致了意识交换现象的发生。

以上假设大体上说得通。等到要解决互换现象的时候，如果与真鸨发生了冲突，我今天送给五十岚的一份人情或许就派得上用场了。

然而，疑点仍然存在。真鸨在校内素有恶名，如果两位好友的争执纯粹是出自她的设计，那只要两人坦诚交谈不就能够和好了吗？现实却是夏海顽固地拒绝对话，柊子藏着掖着，不肯吐露详情。我的假设无法解释这些疑问。此外，与柊子交换的人为什么偏偏是我，其中的理由仍是个谜。

不过……关于最后这项疑问，我其实已经有点儿头绪了。同时，也能解释我为什么会对真鸨的断言那么反感。

柊子、夏海，跟我毕业于同一所小学。

夏海梦想着有朝一日能看到冬天盛开的花。

若我没有想错，那或许……

放学后，我没有去医院看望柊子，也没有再去夏海家，而是去了一所公立小学。

这里是我的母校。柊子的房间里收纳着这所学校的毕业相册，相册里登载了夏海的照片。若说我们三人有什么交点，恐怕只能是这里了。

我来到教职工办公室，对负责接待的事务员打招呼。

“您好，我是毕业生户张柊子……”

“哎呀哎呀，户张同学？你最近还好吗？”

事务员身后，一位年长的女性教师发现了我。

我不认识这位老师，但柊子多半受过她的照顾。

“我还好。老师，我有点怀念母校，想在校内参观一圈，可以吗？”

老师非但没有拒绝，反而带着一脸欣慰的笑容，悠然点头。

“当然可以了。户张同学，你真的很喜欢这所学校呢，毕业了还经常过来，老师真的很高兴。”

“……咦？”

一瞬间我差点儿怀疑自己听错了。可老师没再多说什么，便将入校许可证交给了我。我只好先去办事。

我的目的地是三楼的走廊。那里陈设着许多孩子们的绘画与雕刻作品，俨然一个小小的画廊。画廊早在我入学以前就已经存在，在美术课和比赛上取得优秀成绩的作品大多会在这里展示。

当年，我曾在寒假绘画大赛中取得优胜，那幅获奖作品就陈列在这里。

那幅画名为《冬天盛开的花》。飞雪凌舞之中，樱花傲然盛放，寄托着我强烈的感情。

然而，画不在这里。毕竟已经过去了十几年，我正寻思它是不是被取下来了，可再一看，好几件比我的画更古旧的作品都还留着呢。

我回到教职工办公室，向刚才的女老师打了个招呼，一面返还许可证，一面试探着问："请问……挂在三楼走廊的那幅《冬天盛开的花》，是已经取下来了吗？"

我只是顺便一问罢了，说不定这位教师压根儿就不知道那幅画。

没想到老师立刻就给出了回答。

"啊，你说那幅画啊，我听说前不久，作者的亲戚把画拿回去了。"

"咦？"

"那幅画至今都很得孩子们喜欢啊。非常出色的一幅作品，原本是想一直挂着的，真是可惜了。”

女老师惋惜地看向远方。

然而，画的作者就是我。我当然没把它拿回去，也没有委托家里人这么干。

我按捺着急切的心情，追问：“那位亲戚是怎样的人，您记得吗？”

“不好意思啊，当时不是我接待的，详情我也不太清楚。”

“这样啊……”

见我哑然失语，教师主动向我攀谈。

“对了，雾岛同学还好吗？”

“啊，她就，还好吧……”我不想让老师担心，中规中矩地回答。

老师听了，一脸怀念地眯缝起眼睛。

“那孩子也特别喜欢那幅画。有机会的话，你们两个一起来玩吧。”

直到告别离开，老师的这句话仍萦绕在我耳边。

入冬渐深，才这个时间，东方已然闪现星光。似乎没有时间再去见柊子或夏海了。

暮色悠长。我行走在街上，整理迄今收获的情报。

我与柊子经历了神秘的意识交换。

从小学起就是挚友的柊子与夏海，近日忽然决裂。

夏海梦想见到“冬天盛开的花”。

夏海一心想成为画家，柊子则想要成为植物学研究者。

由我所作的《冬天盛开的花》，原先一直陈列在小学画廊里，现在却不见了。

在事件背后若隐若现的淡河真鸮的身影……

一点一点——拼图逐渐凑齐了。

第二天放学后，我再次造访夏海家。可是，按下对讲机后，没人来接听。

夏海目前虽说没有上学，但也不一定一直待在家里。我决定明天再来，今天先去一趟夏海父母开的蛋糕房。

柊子在医院里待了这么多天，一定也腻烦了，今天就带着蛋糕去看她吧。但是话说在前面，绝对不是我想吃哦。

夏海家以自家住宅的后墙为基础，建造了蛋糕房。我穿过自动门，香甜的气息扑面而来，一道人影随之映入眼帘。我不由睁大了眼。

“……夏海？”

夏海穿着可爱的围裙站在柜台后，看来今天由她看店。

一见我进店，她也吃了一惊，旋即吓人地紧皱眉头，质问：“又是你？今天又想干什么？”

她的语气非常冷淡。可我毫不迟疑，来到柜台前，认真说道：“我有话想跟你说，可以给我一点时间吗？”

关于柊子，关于真鸨，关于《冬天盛开的花》，我有一肚子的话想问夏海。

听了我的请求，夏海一指眼前的收银台，直言：“不可能。你也看到了，我正在看店。”

“那我也来帮忙吧。两个人干活更轻松一点。”

“不用了，反正也没什么客人，一个纯外行过来只会帮倒忙。”

“好吧，那我就等你看完店，这样没问题了吧？”

见我不依不饶，夏海终于屈服了，傻眼地低声说：“……随便你。”

我点了奶油蛋糕和红茶，来到店内的堂食区打发时间。

一小口一小口，我敷衍了事地吃着蛋糕，慢慢喝茶，赖了大约一小时。夏海只顾招待客人，看都不看我一眼。隔壁卡座传来高中女生快活的聊天，听得我心情愈发沉重。

夏海也真是太倔强了。我就再等一会儿，还是不行的话，今天就先去看望柊子吧。

正当我开始这么想的时候——

“夏海，你别再闹脾气了，至少去跟人家聊一聊。”一位女西点师走出厨房，教训夏海。

夏海噘起嘴，反驳道：“跟妈妈没关系，这是我们的问题。”

“所以我才一直没插手啊。”

夏海母亲嘴上在责备，但看她的表情，其实很担心女儿。

她飞快地瞥我一眼，继续说服夏海："不过啊，夏海，要是不推你一把，你永远都不会自己踏出去的吧。你要是有话要说，就去面对面地好好说清楚。别再找借口说'就算不说她也该懂'，这种想法只是小孩子在撒娇而已。"

见夏海仍然紧闭双唇，夏海母亲麻利地拉开陈列柜，随手取出蛋糕放在盘子上，又将红茶一道摆上托盘，强行塞给夏海。

"辛苦了。去吃个蛋糕，休息一会儿吧。这样总行了吧？"

"……明白了。"

夏海端着蛋糕，不情不愿地来到我的桌边，坐在对面。

我看着她一脸不痛快地吃蛋糕，觑准时机，开口唤道："……那个，夏海。"

我推测着夏海的心情，深深低下头。

"真的很对不起。我误会了你，还说了那么伤人的话，害得你伤心了。我真的在反省了……不过，哪怕一点一点慢慢来，能不能再像以前一样跟我做朋友呢？只要能补偿你，不管怎样的事情我都愿意做。"

我殷切地诉说着。然而，夏海看都没看我，连吃蛋糕的手都没停，冷冷道："全是谎话，你也就是嘴上说说。"

我猛地抬起头，飞快反驳："不是谎话！请你告诉我，我到底做什么才——"

"那你倒是把《冬天盛开的花》还给我啊！"

我话还没说完就被打断了。

那个名字被她用如此强烈的语气说出来，我的气势不禁矮了半截。

“冬天，盛开的……”

真鸨说过的话，小学消失的画，以及夏海说的“还给我”。

三件事在我脑海中连成了一条线。

我感觉自己看到了真相。然而，不等我开口，夏海哼了一声，仿佛在说“我就知道”。

“我就说吧，你根本做不到。这下你知道了吧，我跟你再也没有和好的可能了。”

“等、等一下，不是的，我……”

我急着想要解释，夏海却厌烦了，一个劲儿地摇头。

“哪里不是了？在你说着什么‘误会’，什么‘伤人的话’时，你就已经错得离谱了。我早就知道你是这样，因此才没法去学校，还得上医院看病。要是我现在跟你说话，害我等一下又被救护车拉走，你打算怎么负这个责任？”

“……”

“……其实症状也没我说的那么严重，一半都是我装的。”见我陷入沉默，夏海像是多少有些同情，小声补充了一句。

随即，她轻叹一口气，重新开启话头，断然道：“总之就这样了。你也早点忘了我这个不上学的人，去学校里找些正儿八经的朋友吧，像淡河同学那样的。”

说话间，她放下还剩了大半的蛋糕，打算端起托盘走了。

我一把抓住她的手腕，不让她起身离开。

“等一下，夏海！”

夏海盯着我，恼火地紧锁眉头。

我迎着她的视线，不躲不闪，一字字清晰地说：“那幅画我会想办法的。我要找到那位已经毕业的作者，让我下跪磕头还是干什么都行，我会请她再画一幅同样的画。到了那个时候，你愿意重新考虑我的请求吗？”

刚才我会陷入沉默，不是因为心知无望，恰恰是因为看到了柊子与夏海和好的一线希望，只不过一时找不到合适的言语向她说明。

我当年所画的《冬天盛开的花》，不仅与柊子、夏海的争执密切相关，恐怕也关乎我与柊子意识交换一事。这条线索我绝不能放弃。

夏海见我还要坚持，讶异地盯视我。

“为什么要做到这个地步？跟我在一起又没有什么好处。”

“不是好处的问题。你也好，《冬天盛开的花》也好，我都不想放弃。我以后也想跟你在一起，一起追寻那幅景色。”

听我这么说，夏海睁大了眼，喉间微微颤动。

慢慢地，她低下头，双肩不住抖动。

“这种……这种话……”

蓦地，夏海一拍桌子，猛然站起身，大喊：“这种话你现在才说有什么用！”

发出叫喊的同时，夏海哭了。眼泪流下脸颊，滴落在红茶中。

她紧咬牙关，拼命忍着眼泪。

不知不觉，我屏住了呼吸，气势全消，只能在呆滞中下意识喃喃：“夏海……”

再不见一丝对我的同情，夏海用尽全力，激动地吼道：“都怪你，我再也没法画画了！我家没钱，要想去美术学校，就得拿出成绩，争取到奖学金。但连这条路我都没法再走了！结果你呢？突然罪恶感涌上来，就要我顺着你的心意原谅你？一句句嘴上说得好听，可惜不管你说多少漂亮话，也帮不了我一丝一毫！”

店内一片死寂。

刺耳的寂静中，几个高中女生慌忙离店。柜台内侧，夏海的母亲忧心忡忡地观望着我们的情况。至于身为当事人的我，则是很没出息地完全被夏海的声势震住，一个字也说不出来。

感情激烈爆发后，夏海似乎平静了下来，重新坐下，粗暴地一擦眼泪，面无表情地说：“行了。正好有机会就告诉你吧，我下学期就转学了。”

“咦……转、转学？！”

她随口吐出的话传进我耳中，我一下慌了。

夏海则像是自暴自弃一样，将剩下的蛋糕大口塞进嘴里，仿佛要就着食物将感情也吞咽下肚。

接着她又咽下红茶，将海绵蛋糕冲下去，继续说道：“还没决定要去哪所学校，反正云雀岛中学我是不会再回去了。所以，你今天做的一切……不，迄今为止为了和好而做的一切，全部都是徒劳。我本来是不想说到这个地步的……”

夏海这乏味的语气并不像是在说谎。

事态的发展远远超出了我的预想。我沉陷在恍惚中，难以自拔。

“怎么会是徒劳呢——”

看到我呆滞的表情，夏海扯一扯嘴角，嗤笑。

“干吗那副表情？有什么好吃惊的？我跟你性格不同，擅长的事不同，梦想也不相同。这样的两个人竟然要成为好朋友？动起这念头简直太离谱。现在，我们不过是都回到了原本的轨道上，这对两个人都有好处。一旦意识到这一点，就会觉得各走各路其实是一种幸运呢。”

这一句句的，俨然就是我踏入社会后曾无数次听见、最最讨厌的“豁达”言论。

不知不觉，我握紧了拳头，指甲陷进肉里都浑然不知。

——这种“幸运”，谁要啊！

“没那回事！”

这次轮到我撞开椅子猛站起身了。

我不顾身在人家店内，强硬地申辩：“性格也好，特长也好，梦想也好，就算统统都不一样，还是能成为好朋友！我就是这么相信的！”

怒色回到了夏海脸上。她站起来平视着我，目不转睛。

“你还好意思说大话！”

“那你又是怎么想的？”我先发制人，反问她，“你说各走各路对大家都好，但心里到底是怎么想的？我能和你说上许多话，心里非常开心。就算你一直冷落我、拒绝我，我一想到以后说不定还有机会说笑聊天，连被拒绝都感到开心。夏海，这样的想法你一丁点儿也没有吗？”

“这个——”

夏海一瞬语塞。我忽地靠近她。

我错了。我纯粹是个外人，竟想代替柊子与夏海和好，实在是自不量力。我最应该做的是让夏海去医院，让她理解意识交换的现状，再从中斡旋，促成两位好友的和解。

这么显而易见的事，我居然现在才反应过来。我懊悔不已，同时也下意识地察觉到，眼下就是我最后的机会。再不抓紧，就真的无法挽回了。

在几乎鼻子碰鼻子的距离下，我直视夏海，趁她稍显无措，一口气说道：“其实我还有一件重要的事没和你说。事情非常离奇，所以一时瞒住了你，可我左思右想，还是必须得告诉你。你等一下有空吗？”

“突、突然间你说什么呢？”

“有个地方你无论如何都得来一趟。我说的重要的事，必须得在那里才说得清楚。一小时就够了，能跟我来吗？要是去过之后你还是坚持现在的想法，我保证，以后我再也不来烦你。”

其实，就算去了医院，说出实情，夏海也未必会相信。可要是我先死心，认定已经没有希望，那迄今为止的努力就真的全都白费了。

大概是看我说得太认真了，夏海气势稍减，无助地游移视线。

“……今天太晚了，我还要看店……而且你突然说这么一堆，我一点心理准备都……”

“那什么时候才能行呢？”

“明、明天倒是全天都有空……”

我得到了夏海的保证，笑容满面地点头。

“明白了！那就明天！说好了哦！”

说完，我重整心情，豪迈地吃起蛋糕来。放在这儿许久，奶油已经软塌塌的了，红茶也凉了，可我一点也不在意，只觉得美味极了。

奶油的甜美，柑橘的酸甜，二者达成了一种绝妙的平衡，我吃得喜上眉梢。

“这块蛋糕超好吃！奶油这么甜，但一点都不腻！啊，海绵蛋糕里加的这个，莫不是柠檬皮？”

我赞不绝口，可夏海脸上不见一点喜色。

眼见我一会儿一个表情，她目不转睛地盯着我，仿佛见到了外星生物。

“……柊子，到底怎么了？”

我吃完蛋糕，径直前往医院。

明天，我会带夏海来到医院，说明一切实情。所以，必须趁今天先来跟柊子通个气。我没有考虑柊子方不方便，直接先斩后奏，是有点儿对不起她，可这一天早晚都会到来。

病房门打开，柊子躺在床上看向我。

“您好，缘小姐。”

“……你瘦了啊，柊子。”

我看着那具属于我的身体日渐憔悴，焦急不已。本以为多少还有点儿时间，没想到已经迫在眉睫了。

要是柊子的意识随我的身体一道死去，那就全完了。形势刻不容缓。

我快步走向柊子，开口道：“想跟你说的事有很多……但先从最重要的说起吧。明天，夏海会到医院来。要想完全跟她和好，还是必须得由你本人来才行。事情肯定不会太简单，不过，为了我跟你能交换回来，这么做是必要的，而且我也会在旁边帮你——”

“缘小姐，关于这件事。”

柊子打断我，语气冷淡。

“就此打住怎么样？”

她没有说明白宾语，我不明所以，不由得站定在病床正面。

“打住什么？”

“身体换都换了，没必要急着换回来。现在的生活，我们俩都大致过得下去。交换的原因还不清楚，急匆匆地搞砸了就不好了。暂且先维持现状，看看情况不是更好吗？”

柊子淡淡说着。一言一语，像是早就背熟了。

她俨然在说自己的身体怎么样都无所谓，态度之中透着一股深不见底的诡异。不知不觉，我的额头上渗出了汗珠。

我迈出一小步，逼近柊子。

“为什么？柊子，你为什么突然这么说？”

“不是突然，只是一直没找到说的机会——”

啪嗒，一声轻响混杂在柊子的话音中。

那是她伸出手，将原本微微打开一线的床头柜抽屉关上的声音。关抽屉而已，实属寻常，可柊子神色间隐现焦躁，让我不由得留了心。

“你关它干吗？”

“见它开着而已。对了，关于换回身体——”

柊子硬是要说回原来的话题，可我的注意力还在抽屉上。

抽屉带锁，我的钱包就在里面。不过，住院时不可能携带多少现金，银行卡也需要密码才能使用。最重要的是，我不认为柊子会做那种小偷小摸的事。

——即便如此，我还是很在意。

“你先等等。”

我不理会柊子紧盯我后背的视线，一口气拉开抽屉——一见到里面的东西，我呆若木鸡。

大量的内服药。我早中晚都得服用的药。药片、药粉，各种各样的药塞了满满一抽屉。

我低头凝视着抽屉，询问身后的柊子。

“这些药，怎么回事？”

“有几次忘了吃。”

“护士都送药到病房了，真的还会忘吗？看这数量……可不止一次两次了吧？”

我越问越严厉，柊子却镇静自若。

“因为马上要出院，以后要吃的药也给我了。不用担心，没事的。”

“什么叫‘没事’？”

我加重语气，掐断没完没了的争论。

“这种谎话，你觉得我会信？出院后要吃的药，怎么可能现在就给你？柊子，你最近是不是一直故意不吃药，只是装成吃了的样子？”

“怎么可能？我这么做有什么好处？”

柊子的回答仍是这么清晰笃定。

然而，柊子行动背后的理由，我早已有所察觉。

那不过是我的猜测，因此一直没有说出口。不过，现在的形势已经不允许我再慢悠悠地观望了。

“柊子，我们第一次见面时，我说，希望自己随时都能由衷地抱着‘明天死了也没关系’的想法活着。当时你的回答是，‘也许我们有不少相似之处’。”

柊子决绝地与夏海反目，故意藏起没吃的药，以及她至今仍试图隐瞒的某件事。

基于这一切，我有了自己的推测。我下定决心，向床上的柊子问道：“你恐怕是想说，‘明天死了也没关系，我活得一点意思也没有’吧？”

意识交换的最初瞬间，我第一次在户张柊子的身体中睁眼，发现自己正站在教室窗台边。窗户大开，我脚上的鞋子已经松脱。那个时候，柊子一定正考虑着纵身跳下去。

想到这里，我又对一件事生出了疑问。柊子那天心不在焉地摔下铁轨，难道也并非事故，而是故意的？正因如此，她摔下去后才逃也不逃，一副听天由命的样子瘫在原地。

话一问出口，我便觉得有一股强烈的不安上涌，寒意冷透心肺。

好一阵子，柊子一语不发，然后断念地叹出一口气。

“……真是什么都被您看穿了。”

说着，她坐起身，正面看向我。

那双眼睛憔悴深陷，连我自己都快要认不出来了。

“您说得没错。我一直想要去死，因此故意没有吃药。缘小姐，我希望您能在我的身体中活下去。”

骤然听到柊子明确的答话，我甚至出现了幻觉，只觉视野一阵扭曲。

双腿在颤抖。我竭力站稳，尽量不显露内心的动摇，短促地问：“为什么？”

柊子垂下眼帘，挤出声音回答我：“我犯下的过错，已经再也没有办法挽回了。不光对于夏海，对缘小姐您来说，那也是一件永远不可能饶恕的事。”

一瞬间，我回想起了从铁轨上救出柊子的那天。那时候，她曾语焉不详地说过一句话。

——赤月缘小姐……就是您吗？

早在意识交换发生之前，柊子就认识我了。然而，直到我们交换以后，柊子仍然对此绝口不提。

柊子是中学生，我是社会人士。我们两人的交点，只有一个。

“你说的事，是不是跟我画的《冬天盛开的花》有关？”

骤然听到我的提问，柊子睁大了眼，旋即像是死心了，垂下脑袋。

“……您真厉害，竟然调查到了这个地步。”

她的声音犹如浸透了泪水，微微打战。

我与她对上视线，继续询问：“《冬天盛开的花》去哪里了，你知道吗？”

然而，柊子没有看我，仍低垂着脑袋，摇摇头。

“已经不在了。那幅画，被我毁掉了。”

“……你毁掉了？”

我目不转睛地盯着柊子。她——虽说现在是以赤月缘的模样——无地自容地缩在床上，一点不像是会做出这种事的人。

大概是以为我在责备她吧，柊子一吸鼻涕，紧紧抓着被子。

“我就是个人渣。毁了您的画，背叛了好朋友，结果还恋恋不舍，想利用您再去跟夏海和好。不过，我很快就意识到了。缘小姐，您总是这么坚强乐观，夏海的好朋友应该是您才对，这对你们俩都好……户张柊子的人生，还有夏海的人生，都已经不需要我了。”

“可我从来没有这么想过！”

柊子话音刚落，我立刻反驳。

的确，我很享受作为户张柊子而活着，但一切的一切都是为了我与她能再回到原本的身体中，绝不是为了逼得柊子钻进牛角尖，再去夺走她的人生。

只要柊子愿意对我道明原委，画的事我根本不在意。至于遭到柊子的利用？我还求之不得呢。

我重新站直，语重心长地劝说柊子：“为什么要把自己说得这么坏呢？你会跟夏海吵架，还毁掉那幅画，都是有不得已的理由吧？夏海她都说了，明天就会来医院听我们说明情况！所以别再说什么‘不可饶恕的罪孽’，也别再自责了！”

“可我就算回到自己的身体中也改变不了任何事情啊！”

柊子披头散发，高声反驳，音量不亚于我。

我头一次见柊子这么激动，被打了个措手不及。柊子喘着粗气，肩膀上下起伏，双眼紧盯着我。

“我敢肯定，就算我换回去了，也只会继续重蹈覆辙。只有我难受也就算了，可要是害得夏海比现在更痛苦怎么办？我想都不敢想。缘小姐，只能是您了，您来过我的人生，您去和夏海成为亲友，不是您就没有意义。”

柊子的话语中没有任何犹疑。不是冲动，没有夸大，她是真心打算代替我去死。

那份压迫感迎面袭来，我不由得咽一口唾沫，问道：“你跟夏海到底怎么了？导致你们吵架的‘误会’，究竟是什么？”

然而，柊子看都不肯看我，只是缓缓地摇了摇头。

“您不必知道。事情都结束了。”

“明明什么都没结——”

“结束了。原本那天就该全部结束的。”柊子打断我的话，断言道。

她双眼充血红肿，凝视着被子上的某一处。

“缘小姐，您拼上性命救了我的时候，我想的不是‘太好了，捡回一条命’，而是在想‘刚才死了就能解脱了’。很扭曲吧？放学后，我正想从教学楼上跳下去，不料跟您交换了身体，又没能成功……这想必是对我的惩罚，却也是我们千载难逢的机会。”

噌。某种声音从我体内掠过。

寒意直钻肺腑，我低声反问：“惩罚？机会？”

听我这么问，柊子面露决绝之色，一字一句不容我听错。

“正是。我背叛了好友，毁掉了您的宝物，理应接受惩罚。一旦身体交换，渴望生命的人就能活下去，一心求死的人则顺势死去，这是神明赐予我们的机会。”

可怕的寂静降落在病房中。

窗外，树枝摇动的声音清晰可闻。在这样的一片死寂中，我翕动嘴唇。

“……你说什么？”

我声音凶狠，充满了威压。

理性拼命拖着我，告诉我这样下去可不妙，可我根本停不下来。

“那位神明是出现在你梦里，告诉了你这些话吗？告诉你说进入我的躯体是对你的惩罚？我怎么从来没有听说过？”

听了这荒唐的问话，柊子不由苦笑，答道：“怎么可能？但是，这么不科学的事也找不到其他解释——”

“少开玩笑了！”

我浑然忘我，一把抓住柊子的领口。

原本属于我的脸近在眼前。我听任怒火支配，全力吼道：“我从来没觉得用自己的身体活着是一种不幸！什么惩罚、机会，全是你为了说服自己在这里自说自话吧？！少瞧不起人了！说什么‘为了我去死’，你对我遮遮掩掩就为了这个？！”

见我骤然发作，柊子一惊，却只错愕了几秒。

“……‘就为了这个’？您这是什么语气！”

她紧咬着牙，毫不露怯地瞪着我。

“再怎么说，这都是我拼命考虑出来的答案！交换原因不明，恢复方法不明！那好歹别拖到事情没得救，就趁现在，用最合理的办法速战速决！不对吗？”

“你跟夏海吵架也许就是我们身体交换的原因啊！只要和好说不定我们就能恢复了啊！你既然打算拼命考虑，那就再多协助我一点啊！我为了你这么努力，你怎么就是不懂呢？”

“我早就说过你是在多管闲事了！”柊子用力推开我，叫嚷，“别一副施恩的姿态，说得像跟你没关系一样！如果原因是我跟夏海吵架，那归根结底不就是因为那幅画吗？要是你没画那幅画，事情就不会变成这样了！”

这句话充斥着柊子对我最大限度的拒绝。我一听之下，全身力气都被抽走了。

不知不觉，我松开了柊子的领口，无力地倒进椅子里。双眼仍看着柊子，目光却恍惚失焦。

“怎么会……怎么会是这样……”

柊子一刹间面露悔意。然而，不等她做出什么行动，病房对面传来一个声音。

“那个，不好意思，您这样会给患者带来负担，还请稍微安静一些……”护士小心翼翼地对我说道。

我回过神，立刻拿着书包站起身。

“对不起，我先回去了。”

我恨不得立刻当场消失。这种心情直接表露在了言行中。

即将走出病房前，我深呼吸一次，只把脑袋往柊子那边一扭。

“明天早上十点我再过来，夏海也会一起。说好了。”

我的言下之意是，一切都还没有结束呢。

然而，弦外之音是否传递给了柊子，我不得而知。因为，她仅仅回了我一句话。

“我期待着您的正面答复。”

柊子不再看我。我瞥了她一眼，离开了病房。

医院走廊干净整洁，我的心却瘢痕累累。

——好好一个中学生，别说那种丧气话啊。

我回到家中，姿势难看地往床上一倒，望着天花板发呆。

其实，我并不是没想象过用这具身体一直生活下去。

直说吧，柊子的提议对我来说全是好处，等于是让我在这个富足的家庭中，真正意义上地重启人生。毫不夸张地说，这就是带了继承要素的人生二周目①。保留记忆的重生——这种美梦恐怕人人都曾做过。

更何况，对我来说还有另一桩大好处。我再也不会是一个病人了。曾经因患病而被迫放弃的种种，全都可以去肆意挑战。

律师、医生、政治家、航天员……甚至是歌手、演员、运动员，条条大道都将为我敞开。

想成为什么人，就能成为什么人。这样的权利就在手边，只要我愿意就能紧紧握住。

不是挺好的吗？柊子一心求死，我远比她更能充分地利用这段人生。凭什么我偏偏是个病人——这样的想法，以前多多少少还是会在我的心头萦绕。

柊子说得没错。我会进入这具身体，一定是神明哀怜我的命运，将正确的意识置入了正确的躯体中。

说到底，柊子都拒绝服药了，简直是在自杀的大道上一路狂奔。那副身体被她搞得奄奄一息，我为啥要为了回去那里而

---

① 初次打通所有游戏关卡，叫一周目，继承一周目存档重新开始玩叫二周目。——编者注

拼命啊？就为了一个否定我全部努力的柊子吗？

那么想死的话，就遂了柊子的心意，随她去死好了，反正吃亏的又不是我。

……就这样，我放任恶意在我脑海中驰骋。

“但又怎么可能真的这样做啊？”

我叹着气自言自语，从床上直起身，又顺势起立，站到镜子前。

与第一天相比，异样感没有那么强烈了。可每每看到镜中映出不属于自己的面孔，恍惚间我仍会起一身鸡皮疙瘩。

不管怎么样，户张柊子的身体都不会成为我的东西。

假如这个谜之互换现象，真的是某位温柔的神明在为我考虑，那他纯粹是在多管闲事。管他是不是神，我都会一拳揍过去。

“抢了小孩子的身体享受第二人生，根本就是个大反派嘛。”

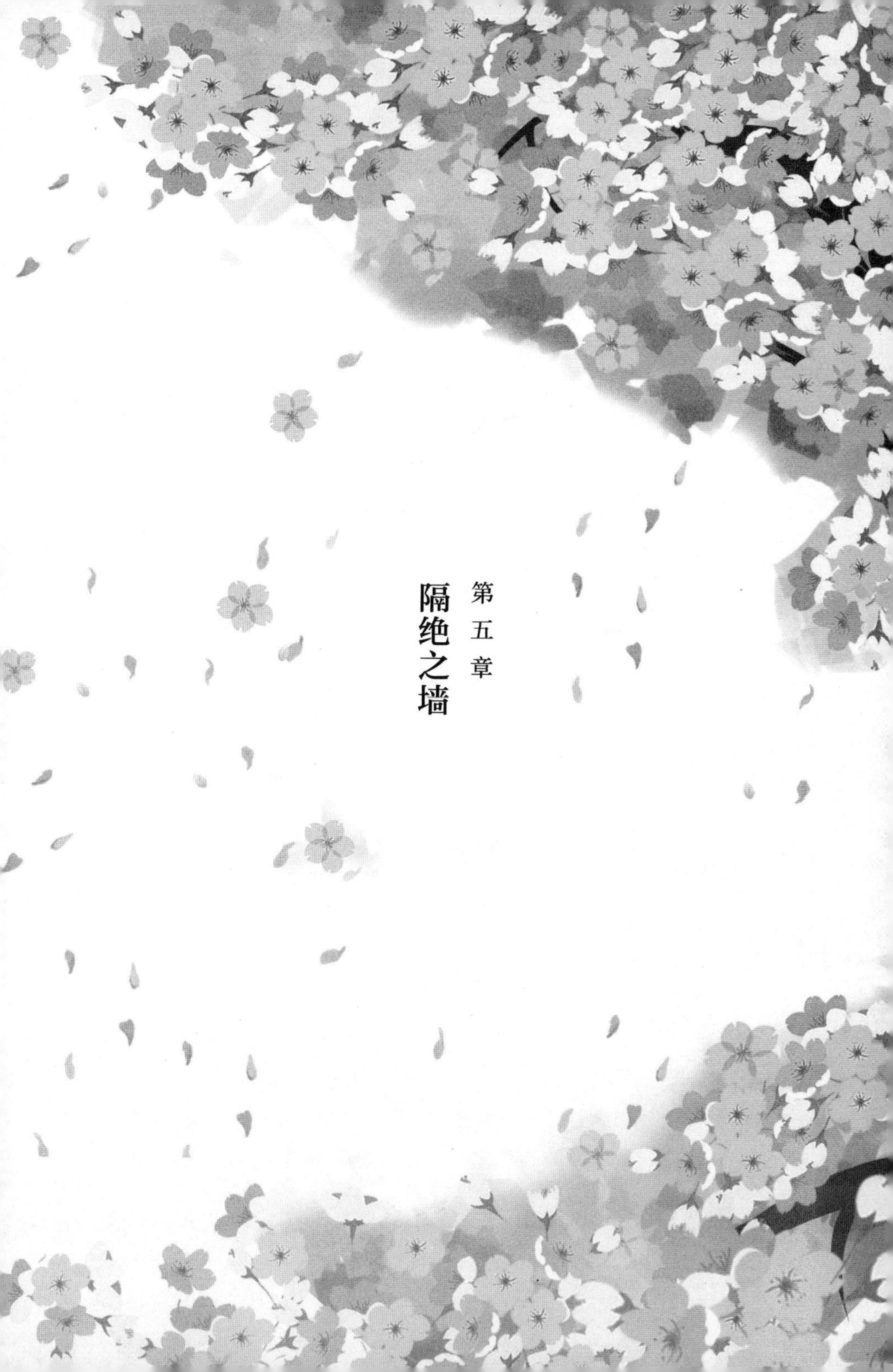

第五章 隔绝之墙

赤月缘无法成为户张柊子。柊子与夏海的决裂，无法由我代为解决。所以，哪怕冲突无法避免，也必须让柊子本人出面与夏海见一见。我能做的最多只是居中斡旋，起到润滑剂的作用。

我之前一心想要帮助柊子，竟连这么显而易见的事都没能意识到。不过，我不会在同一个地方跌倒两次。昨天我一不小心就热血冲头，和柊子大吵了一架，希望一夜过后她能冷静一些吧。

第二天，我装病请了假，按照计划与夏海一起来到医院。

夏海仰望着高耸的白色建筑，不安地问：“为什么要来这种地方？”

“有一个名叫赤月缘的人正在这里住院，我想请你见见她。具体的到了病房再说吧。”

“……赤月……缘？”

夏海似乎有话想问。我装作没看见，径自踏入医院。夏海虽然一头雾水，但还是乖乖跟了进来。

由于昨天与柊子的口角，我多少有些忐忑，但说不定柊子已经随着时间平复下来了。怀着这样一缕希望，我走向病房——意想不到的事发生了。

“谢绝会面？！”

冰冷无情的挂牌悬挂在病房门上。

我慌了手脚，赶紧赶到护士站，向负责照顾“我”的护士询问详情。

“你问赤月小姐？她昨晚突然发病，目前状态很不稳定。原本她都快要出院了，没想到体检数据突然恶化，医生和我都吃了一惊……正讨论着要让她继续住院呢。”

年长的护士一脸凝重地向我说明情况。我越听越是不安。

“真、真的没事吗？”

“危险期倒是过了，但还是不能大意……现在就先让病人安静休养吧。我们这边也会努力治疗，不用多久，你就又能像从前一样跟她说话了。”

说完这句，护士继续去工作了。

事态竟演变到了这个地步。我呆呆立在原地，不知如何是好。病情突然恶化，主要原因当然是柊子拒绝服药，可另一部分原因恐怕在于，她强烈地想要结束生命。

我僵立着，夏海则一直在我身后惊讶地观望，现在终于开口："柊子，发生什么事了？为什么你会提到赤月缘小姐？谢绝会面又是怎么回事？"

夏海完全不理解状况，接连向我提出问题。

我闭上眼睛，尽可能冷静地思考。为了让夏海相信我要说的事是真的，讲明实情时，柊子必须在场。我可以等到柊子病情稳定了再过来，但若考虑到最坏的情况，我的肉体说不定会一命归西。

即使只有我一个人，即使只能前进一小步，我也必须把眼下能做的事做好。

我下定了决心，睁开眼。

"夏海，我有一件重要的事要跟你说。跟我来。"

大概是察觉到了我的样子跟平时不一样，夏海一语不发，跟在了我后面。我离开住院大楼，走向院内僻静的步道。

附近，一棵染井吉野樱树光秃秃地伫立着。我来到树下，深呼吸一次，手按胸口向夏海坦白。

"我接下去要说的话可能会让你觉得非常荒谬，但还是希望你能听完。我呢，其实不是户张柊子。我真正的名字是赤月缘。不久前，我的老毛病突然发作，被送进了医院。就在那个时候，不知道为什么，我和柊子的意识互相交换，进入了对方的身体。"

就这样，我将一切都告诉了夏海。

我救下险些被电车碾死的柊子后，竟然与她意识互换了。

离奇的事态打了两人一个措手不及，但我们仍然决定，暂且以对方的身份一切如常地生活。在这个过程中，我发现柊子与夏海曾大吵一架。出于背叛好友的罪恶感，柊子想要顶着我的身份与身体就此死去。

在我讲述的过程中，夏海始终神色木然。我无法判断她是否相信我，不免有些焦急。但现在最重要的是先把事情全讲一遍，所以我只能不理会她的反应，专心往下说。

本打算讲得简洁一些，可一通说完，仍花费了整整十分钟。

"……这就是至今为止发生过的所有事情。虽然难以置信，但全都是真的。"

我说完了。然而，夏海仍然紧闭双唇，一语不发。

三十秒，一分钟。我神色紧张，急切地等待着夏海的回答。周遭不时吹起冷风，寒气刺痛我的皮肤。

终于，夏海从我身上移开视线，冷淡地说："……是吗？你跟缘小姐合伙，整了这么一出啊。"

"……咦？"

我没能立刻理解，不由得发出了呆滞的声音。

夏海不予理会，背对着我，轻蔑地说："我有点儿受打击啊，你竟然会搞出这样的闹剧。你大概也没想到，扮演最重要角色的缘小姐竟然病情恶化倒下了，该算你不走运还是运气太好呢？你这个人，为什么总爱这么拐弯抹角呢？"

阵阵寒意上涌，这次却与气温无关。有那么一会儿，我无言以对。

尽管万分慌乱，我仍然极力想要说服夏海。

“等、等一下啊，夏海！我说的全部都是真的——”

“哦，是吗？那就是‘那个’了吧？为了逃避现实而妄想出了一个好用的故事？双重人格？是这一类的东西吗？是不是都无所谓了。趁现在我就跟你直说了吧，你这一系列行径全都让我烦透了。我回去了，再见。”

不顾呼吸急促的我，夏海转过身，挥着手走远了。

我紧握双拳，慢慢地，深吸一口气。

——柊子也好，夏海也好，全都不理解我的心情！

胸间冲撞的感情，肺中贮存的空气……我将这一切灌进声音里，冲着走远的夏海大喊：“夏海，看这边！”

声音响彻四周，几乎都要传到医院外了。

夏海回过头时，我已经逼到了她跟前。

骤然间被一个噙着眼泪的人逼近，夏海不由得一退，我则从钱包里取出一样东西，塞到夏海眼前。

“这是……”夏海愕然接过。

我一擦眼角，说道：“是真正的我的名片。赤月缘就在这家公司工作。公司的事也好，我自己的事也好，你随便提问。你可以直接去公司，也可以打电话去问，马上就能知道我有没有答错。”

夏海拿着名片，手微微颤抖，看上去正做着激烈的心理斗争。

终于，她从名片上移开目光，随手还给我。

“这种东西算不上证据。名片可能是缘小姐给你的，她的大致经历也完全可以告诉你……”

“夏海，你要是非想看到一个明确的证据，我的确拿不出来。但是，你是真心觉得柊子会做到这个地步，只是为了欺骗你吗？”我稍微加重语气，直白地问。

夏海面露纠结之色，旋即磕磕巴巴地问：“假设，我是说假设哦。假设你真的不是柊子，而是那位赤月缘小姐，你为什么要把这件事告诉我呢？”

“因为我觉得，很可能正是你与柊子的争执导致了这次意识交换。”

总算能说到正事了。我用袖子擦一擦眼角，毅然开口。

“一开始我很疑惑，与柊子交换的为什么偏偏是我？为此我做了很多调查，终于发现你与柊子的母校正是我当年就读的小学，校内挂着我画的《冬天盛开的花》。除了这幅画，我与柊子再也没有其他交点了。”

“赤月缘，您果然就是那幅画的……”夏海喃喃道。

我点点头，不放过她任何一点最细微的表情变化，谨慎地往下说：“我去小学看过，画不见了。是因为柊子已经把画毁掉了吧？我听柊子说，她是‘出于一些误会与夏海发生了冲突’才会毁掉那幅画的。但是，若只是些许龃龉，事情不至于演变到这个地步。她说的‘误会’究竟是什么？”

“这个……”

吞吞吐吐，目光游移。夏海的模样与柊子如出一辙。

我基本确信了，直接问道：“是跟淡河同学有关吧？”

夏海胆怯地微微一抖。问题的答案已经呼之欲出了。

两位好友的争执如果该由柊子负全责——如果夏海认为该由柊子负全责，她不至于到现在都还要隐瞒。柊子与夏海班级不同，社团也不同，要说有谁能同时荼毒她们两人，大概率就是“君临”整所学校的淡河真鸨了。

我见夏海仍然一语不发，苦苦劝她。

“拜托了。你们两个会吵架，跟淡河同学以及《冬天盛开的花》有什么联系，还请你告诉我详情。我与柊子交换已经过去一周了，至今都没有任何恢复的迹象。为了恢复，势必需要更加强力的线索。柊子现在是谢绝会面的状态，不可能再去跟她打听消息，时间也不知道还剩下多少。在柊子醒来之前，哪怕能前进一步也是好的，为此我无论如何都需要你的协助。”

夏海死死瞪着我，嘶声反驳：“全都无所谓了！柊子先撇开了我是板上钉钉的事实！不管您真身是谁，不管柊子的意识会怎样，我马上就要转学了，您说的这些跟我有什么关系？！”

“这真的是你的真心话吗？”

面对我严厉的逼问，夏海不禁咽下一口唾沫。

我目不转睛，语重心长地说：“要是我们什么都不做，柊子的意识说不定会随我的肉体一道死去。一旦变成那样，你就要背负着‘没能相信柊子’的悔恨，一辈子就这样活下去。你们不是最好的朋友吗？不是还互赠礼物作为友情的证明了吗？‘跟我没关系’，这几个字你真的说得出口吗？”

夏海盯着我，眼底仍然残留怀疑之色，眼神却逐渐不再带刺。

犹如要看进我心底最深处，她开口问：“如果，您做了一切能做的，仍然没能换回去，您打算怎么办？”

我凝视自己的手掌，握紧拳头。

“那样的话，我就接受。但现在要尽力，因为我应该……不，因为我想这么做。”

即使只有一丝可能性，我也必须竭尽全力。因为，我现在能做的事，就只有这一件。

我手按胸口，殷切地向夏海倾诉。

“拜托了。我不会让你回来上学，与我一起战斗，你不能马上原谅柊子也没关系，但至少请告诉我实情吧。你的勇气，就是对我现在最大的帮助。”

我说完了。夏海则打量着我，从头到脚，来来回回。

好一阵过后，她像是认命了，僵硬地点一点头。

“……知道了。”

听到她回答的瞬间，一股安心的感觉涌上来，我差点儿瘫软在地上。

这一番争取比我想象的还要耗神。夏海恐怕还没有彻底打消怀疑，但事情已经前进一大步了。

夏海用手掩着嘴角，一副如芒在背的样子，眼神迷茫。

“这感觉好怪啊……但您这么一说，很多事就都解释得通了。最近，柊子一直表现得奇奇怪怪，看来不是我的错觉。”

“不必使用敬语，我原本就觉得你不可能立刻相信……话说回来，我手头只有一些零碎的情报和推测，不知你能否把有关情况全部告诉我呢？”

听了我的要求，夏海点一点头。

这一次，她的动作不像先前那样犹豫了。

“知道了，但可能会说很久。”

“谢谢，我求之不得。”

＊＊＊＊＊＊

小学时代，柊子与夏海因为共赏《冬天盛开的花》结下缘分，成了好朋友。柊子成绩优秀，毕业后听从父母的推荐选择了一所私立中学。夏海则以“想和柊子去同一所学校”为理由说服了父母，升入了云雀岛女子中学。

入学典礼上，柊子与夏海见到彼此，怀着幸福的心情相视而笑。

夏海想要画出像《冬天盛开的花》一样的画，加入了美术部。柊子则想研究现实中“冬天盛开的花”，立志成为植物学研究者。尽管梦想各不相同，但两人都确信，她们是彼此最棒的挚友。

六月末，梅雨季即将结束时，夏海第一次提到了那件事。

“夏天的比赛？”

听到柊子反问，夏海点一点头，答道：“嗯。一旦入围，说不定就能得到推荐，升上设有美术班的高中。我一听到这个消息，马上就坐不住了。”

夏海紧紧交握双手，像要说给自己听一样，对柊子说：“听说一年级学生基本上都交不出什么像样的东西，但我会以入围为目标去努力的。不好好规划的话，初中三年一转眼就结束了。”

听了夏海坦率的话语，柊子也很激动，脸庞熠熠生辉。

“夏海，你真是太帅气了！我支持你！”

柊子双手交握在胸前。她现在生气勃勃，与初遇夏海时相比像是换了个人。

“我也要加油，不能输给你了！最近，我逐渐找到想上的大学了，正为了应届考上而用功学习呢。”

对于植物学，夏海完全是个外行。不过听柊子说，那是一个能应用在沙漠化防治、粮食生产等领域的学科，内涵远比她想象的更加丰富。每次提到那个充满未知的世界，柊子都非常兴奋，活力四射，不输夏海。

夏海见柊子响应得热烈，气势十足地说："嘿嘿，我才是，绝对不会输给你的！"

她彻底鼓起了干劲。在她发间，柊子送的发饰正闪闪发光。

然而，比赛成绩出来后，夏海的参赛作品没能入围。

当学校向夏海宣布这件事时，她还算平静，可随后在家庭餐厅举办的安慰会上，她把感情全宣泄了出来。

"好不甘心啊！"

夏海抓着饮料吧的玻璃杯，整个人伏在餐桌上。

柊子苦笑着劝慰："别这样嘛，我可非常喜欢你的作品哦。你是上了中学才开始认真画画的，又才一年级，光是能参加比赛就很厉害了。"

"但其他学校就有拿了优秀奖的一年级学生！我才不想拿年龄来当借口。"

夏海猛地坐直，将杯子里的可乐一饮而尽，宣布："下次我绝对会入围！冬天，等着我！"

柊子望着重振精神的夏海，微笑道："夏海，真的很帅气呀！"

夏海会如此执着于比赛得奖是有理由的。

小学即将毕业时，一天晚上，夏海在客厅里与母亲相对而坐。

她对母亲坦白了未来想成为画家的事。一方面，升上中学，加入美术部后，事情便不可能再瞒得住。另一方面，这件事毕竟关乎未来人生，影响重大，要让她全部自行决定，她还是有些不安。

母亲听罢夏海的倾诉，神情严肃地问："夏海，你是真心想要成为画家吗？"

"嗯。那幅画让我深受感动，我也想画出那样的作品。"

"……这样啊。"

夏海母亲双臂环抱，喃喃自语。

母亲的反应不算热烈。夏海虽还是个小学生，却也多少料到了这个结果。她的家庭，就算用客套话说也实在称不上富足。

她观察着母亲的神色，战战兢兢地问："……果然不行吗？"

"怎么会呢？我和你爸爸就是忠于梦想才成了西点师，又有什么权利妨碍你追梦？能拥有一个发自内心的梦想是一件非常棒的事，你该挺起胸膛才对。"

出乎夏海的意料，母亲加重了语气，这样对她说道。

她做梦也没想到能得到母亲的支持，一下子高兴起来。母亲却又叮嘱道："不过，现实是很严峻的，光凭一个强烈的愿望可没法实现梦想。比你优秀的人永远存在，你珍爱的作品却未必总能得到好评。你可能付出了很多，赚到的钱却很少。就连你渴望追梦的心也不是永恒的，说不定什么时候就改变了。人啊，会为了各种各样的理由放弃梦想。我和你爸爸至今不知见过多少这样的人。”

这一番话从实现了梦想的母亲嘴里说出来，显得格外沉重。

难以言说的不安围裹了夏海。这时，她回想起了与柊子约定一起追梦的情景。

“就算是这样，我也——”

“我知道。我说这些不是想让你放弃。”母亲不必听完就明白她想说什么，展颜笑了出来，竖起一根食指，对夏海说，“你要是真想成为画家，就在初中阶段拿出一些实实在在的成绩来吧。有些人嘴上说要追梦，却总拿什么‘我还没有成年’‘我还是个新手’当借口，不付出一点行动。这样的人，至少我是没见过一个能成功的。你想实现梦想，就得立刻行动，这样才能看清自己目前的实力，直面你对梦想的感受。”

母亲的提议诚恳真挚，既是为夏海考虑，也是在鞭策她。

顿时，原本模糊不清的梦想仿佛逼到了近前。夏海不禁打个寒战，心情渐渐昂奋。

“成绩……”

“对。一旦有了成绩，你的价值就一目了然了。我对画家这一行完全不了解，但如果你想上有美术班的学校，实绩一定能成为你的武器。当然，也会成为你自信的源泉。”母亲轻轻按住夏海的肩膀，温和地微笑道，“就算你最后没能成为画家，这样一段为梦想奋力拼搏的经历也会成为你巨大的财富。所以，拼尽全力加油吧。只要你努力付出了，我和你爸爸永远都会站在你这一边。”

夏海没想到母亲竟会这样鼓励自己，用力点了点头。

“谢谢您，妈妈！我会加油的！”

追求梦想的心情得到了母亲的认可，夏海感觉世界一下子变开阔了。

然而，当天晚上，当她在手机上随意查询设有美术类科系的私立大学时，巨大的冲击降临了。

牢牢钉住她目光的，是页面上的学费一项。

“一……一百六十万元①？！”

这还只是一年的学费。四年制大学上下来，学费就得乘以四。此外，考上后第一年还要交将近三十万元的入学费，教材与画材也都是不小的开支……总数虽说算不上天文数字，可雾岛的父母不过是个体户，实在负担不起这样一大笔费用。

---

① 约合人民币八万元。后文的“三十万元入学费”约合人民币一万五千元。——译者注

国公立大学倒是能便宜差不多一半，但合格率低了许多，竞争之激烈宛如千军万马挤独木桥。而且，即使花费这么一大笔钱，从竞争中脱颖而出，大多数学生最终还是无法以美术为生。

情不自禁，夏海咽下一口唾沫，总算明白了自己渴望前往的世界是多么残酷。

终于理解现实后，对于成为画家的梦想——夏海仍然没有放弃。

双亲多半会说不必操心钱，可面对这样的情形，夏海实在没有勇气去跟他们商量考美术系的事。不过，路并没有全被堵死，仍有一扇门为她敞开，那就是拿到奖学金，升上国公立大学的美术科系。

为了实现这一目标，她没有时间再为现实哀叹了。正像母亲说的，她必须争分夺秒，尽可能地积累实绩。

她不算天赋异禀，起步也晚，只有付出超出常人的努力一途了。

夏天的比赛，她落选了。得知结果时，懊悔、不甘几乎要满溢出来，连她自己都感到吃惊。可是，与此同时，喜悦之情也包裹了她。

她是真的想要实现梦想，真的在为梦想而奋斗。就算只为获得这份了悟，参加比赛也是值得的。

暑假里，夏海一有空就练习素描，而且丝毫不以为苦。

因为她坚信，在这些努力的尽头，一定有熠熠生辉的未来等待着她。

第二学期开学不久，夏海发现，一股异常的气氛正在校园内弥漫。

当时，学生会选举刚刚结束。一年级的淡河真鸨以压倒性的优势胜出，赢得选举，成了学生会会长。

新会长以鼓励学习为名，推行了好几项奖励成绩优秀学生的措施。渐渐地，紧张的气氛在学生之间滋生，争吵、冲突越来越频繁。很多人以前关系很好，现在却变了，要么生分得像陌生人，要么就像畏怯着什么，甚至不敢彼此对视。

在这种情形下，教室中……不，整所学校都充斥着负面的能量。

不久，由于某一件事，夏海决定采取行动。

她下定决心，去找学生会会长淡河真鸨攀谈。

“淡河同学，我能私下跟你说几句话吗？”

“当然了，你想说什么？”

真鸨优雅地将黑发拂到身后。夏海带着她来到屋顶楼梯处。

确认附近没有别人后，夏海直奔主题。

“我是你隔壁班的雾岛。淡河同学，你们班的风间美穗最近转学了，这件事你有什么头绪吗？”

真鸨刻意思考了一阵，从鼻子里哼出一声。

“那种吊车尾的家伙的事，我什么都不知道哦。应该是跟不上我们学校的学习进度，终于腻烦了吧？”

“别装傻充愣了！是你耍手段让她转学的吧？！”

夏海提高了声音。

可真鸨别说畏缩了，甚至挑衅地一舔嘴唇，反问：“哦？你有证据吗？”

“……没有。所以我才来直接问你。”

为了不在真鸨的威压下示弱，夏海紧紧咬住牙关。

然后，她深吸一口气，做好了心理建设，对真鸨说：“不过，你不可能什么都不知道。美穗跟我都是美术部的。刚入学的时候，她还对未来充满期望，说‘我也想跟雾岛同学一起努力，争取比赛得奖’。可到了最近，她成天闷闷不乐，神色黯然，总是说‘淡河同学好可怕’，除了这句就再没有别的话了。”

夏海确信真鸨就是罪魁祸首。可是，她缺少证据是事实，而且她也害怕不小心刺激了真鸨，引起反效果。

因此，她用尽全身力气克制自己，尽量冷静地说：“‘耍手段让她转学’是我说得太过了，对不起。不过，要是你真的在做一些恐吓同学的事情，还请你马上停手。”

待夏海说完，真鸨用手指抵住下巴，用掂量的眼神看着她。

“雾岛同学，请问你父母都在从事什么职业？”

“咦？他们开了一家蛋糕房……”

夏海没料到这一问，怔了一怔。真鸨却一脸“如我所料”的表情，连连点头。

“果然是这样啊，也只能是这样了。人的出身啊，看看装束和举止就大致明白了。”

听了真鸨讥讽的言辞，夏海眉心生出了细纹。

“……你什么意思？‘区区一个蛋糕房的给我闭嘴’？”

“你的想象力还真是丰富啊。你会这样想，难道不是因为你自觉低人一等吗？”

真鸨夸张地展开双臂，露出妖艳的微笑。

那个表情中，没有一丝一毫的愧怍。

“我不会歧视任何人。但若论人与人是否应该严格地区别、分类，我当然要说‘是’。每个人都应该与相称的人来往，这是为了你，为了广大的我校学生好。”

“还装呢？你不过就是耍些手段逼得别人无路可走！”

夏海愤怒地反驳。可惜，她仍然没有证据。

真鸨一瞥咬牙切齿的夏海，有些难以置信似的，手指抵住脸颊道：“归根结底，在我看来，你根本没有理由为风间同学做这些事。她都已经转学了，你再为她争这一口气又能得到什么好处呢？”

“……好处？她是我的朋友，被人欺负到转学，我当然会生气啊！”

听了真鸨毫无人情味可言的疑问，夏海加重语气反驳。

顿时，真鸨像蛇一样眯细了双眼，目光直射夏海。

“哦？这样啊……是朋友，所以理所当然吗？”

夏海的身体仿佛被那种眼神射穿了，第一次，夏海对真鸨生出了惧意。

在亲切的态度、威严的举止之下，淡河真鸨还隐藏着另外一重面孔。居高临下，精确地审视对手的价值——冷酷的支配者的面孔。

很快，真鸨也发现自己不慎显露了太多，回过神来轻轻一摇头，像劝慰不听话的小孩子一样柔声开口，耸一耸肩。

“雾岛同学，你想怎样放纵想象力都是你的自由。不过，即使实情真如你所说，责任追究到我身上也仍然太奇怪了。”

说着，真鸨掩嘴而笑。笑容纯粹无垢，令人浑身寒毛都竖了起来。

“因为，错的明明就是弱者啊。要是觉得我做错了，只要强到能与我抗衡就可以了，不是吗？”

事情过去没多久，惊人的一幕映入了夏海的眼帘。

淡河真鸨与柊子一起行走在走廊上。在此之前，柊子几乎从未提起过真鸨，现在却快活地跟她说笑着。

“柊子……”

夏海惊得声音都有点儿哑了，柊子却一如往常地跟她打招呼。

“啊，夏海，今天怎么样？”

柊子神色间不见一缕阴霾，完全不像是被迫跟从真鸰的样子。

如果柊子仅仅是跟同班同学交好，夏海当然不会有意见。可偏偏是现在，偏偏是真鸰和柊子走得这么近，夏海只能认为这是有意设计的结果。柊子为人善良又腼腆，若她了解真鸰的本性，绝不可能满不在乎地与她来往。

理所当然，夏海的表情变得生硬。

“……柊子，你为什么跟淡河同学在一起？”

“咦？因为我们是朋友呀。为什么这么问？”

夏海逼近柊子，不知不觉提高了音量。

“柊子，你可不能被骗了！淡河这个人跟你想的不一样！你要是把她当朋友，一定会吃大亏的！”

“突然间这是怎么了，柊子？”

柊子还不明就里，旁边的真鸰已经一副心灵受创的样子捂住了脸。

“为什么要这样说我？我是真心把户张同学当朋友啊……”

夏海前几天才见过真鸰的真面目，当然一眼就看穿了她的演技。

然而，柊子完全被蒙在鼓里，还以为真鸰真像她说的那样深受打击，不由得瞪向夏海，用很重的语气说：“夏海，请你向淡河同学道歉。你说得实在太过分了。”

这一回，轮到夏海大受冲击了。

她虽然知道真鸨的本性，但苦于没有证据。只要柊子不相信她，争论就不可能有结果。

情急之下，她苦苦追问：“你不相信我说的话吗？”

她们可是拥有小学时代的珍贵回忆，彼此切磋砥砺的挚友啊！

然而，对于深信真鸨是朋友的柊子来说，夏海的话犹如耳旁风。

“就算是朋友，也不能事事盲从。对我来说，淡河同学就跟夏海你一样，是重要的友人。”

一听这话，夏海内心某处就像漏了气的皮球，瘪了下去。

要是她再冷静一些，应该还能与柊子继续沟通。可是，眼见最好的朋友竟然听不进她的话，她大失所望，一股焦躁感油然而生。

“……那就算了，随你便。”

夏海转身离去，气冲冲地挺着肩膀。

在她身后，传来真鸨和柊子的对话。

“谢谢你，户张同学。”

“不客气。我们是朋友，这点事是应该的。”

无名之火在心头燃烧，夏海一步步重重踏在地上。

事后回想起来，这份怒火中，恐怕有很大一部分都是对真鸨的嫉妒，嫉妒她竟与柊子走得这么近。

不出一星期，某天放学后，夏海被柊子叫了出来。

地点是一间还没有投入使用的空教室。

夏海不解地推开门。没想到，教室里不止柊子一个人。淡河真鸨和她的两个跟班就在柊子身后。

“夏海……”

柊子立在教室中央，见夏海现身，向她投来空洞的视线。

情形明显不对劲。夏海不觉后退一步，紧张地扬高了声音。

“……柊子，怎么回事？你们想干什么？”

夏海环顾四周，立刻发现真鸨脸上正挂着一抹愉快的笑容。

她立刻瞪向真鸨，大声问：“淡河同学！你这是打的什么主意？！到底想让柊子干什么？！”

真鸨连眉毛都没动一下，事不关己地瞥一眼柊子。

“我什么主意也没有，只是被户张同学叫来这里而已，好像说有什么东西要让我们看来着。是吗，户张同学？”

“……是的。”

柊子的嗓音轻到几乎听不见，明显就是口不对心。

面对呼吸逐渐急促的夏海，柊子目光如泣，问道：“夏海，你还记得吗？我们约好了的，要一起去看冬天盛开的花。”

“那还用说！那可是让我们成为朋友的重要回忆……”

话音刚落，便听淡河真鸨发出一阵奚落的笑声。

她肆无忌惮地笑个不停，然后问那两个跟班：“什么啊，冬天盛开的花？你们都听见了吗？”

顿时，两个人像得到指示一样低低窃笑起来。

她们会顺从真鸨的意思是理所当然的，但这仍然让夏海切身体会到，在这间教室里，毫无疑问，没有一个人站在她这一边。

重要的约定成了这些人的笑料，夏海的心像被剜绞一样痛，呼吸都乱了。

真鸨享受地望着这一幕，语气含讽带讥。

“那种东西怎么可能存在啊？小学自然课就学过了吧？户张同学，你该不会真的相信她吧？”

“当……当然不可能。”

柊子回答的样子就像拙劣的演员在念台词。

声线颤抖不止，编织出一句又一句伤人的话语。

“夏海，我、我跟你不一样……是、是优秀的学生。你成天说什么要成为画家，像个小孩子在做美梦，所以才会连我们之间的差距都意识不到。”

不是别人，正是柊子，将两人间的友情彻底否定了。

柊子的话语犹如一柄尖刀，深深刺进了夏海的心脏。

夏海委顿跪地，啜泣起来。柊子迎着她缓步而来，停在她面前，打开手中一根长筒的盖子，从中取出一幅画。

正是《冬天盛开的花》。

“什么？”

最后的一刻，夏海明白柊子要做什么了。

柊子伫立在她身前，全身只有嘴巴微微一动。

——对不起，夏海。

柊子持画的双手一用力，将画一撕两半。

这一瞬，夏海的身体里，某种决定性的东西崩塌了。

她呆呆跪着，脖颈无力地下垂。柊子望着她，送出了最后的致命一击。

“夏海，你不是我的朋友。”

几个字轻弱而破碎，几乎无法成声。凭着气息，夏海知道柊子在哭。

然而，任凭柊子怎么哭泣、道歉，做下的事已经无法挽回了。

这时，真鸨一脸愉悦地凑过来，俯向心神恍惚、跪倒在地的夏海，轻声说：“加油呀。你要是着急，推荐你转行去当花店小妹哦，蛋糕房的雾岛同学。”

留下这一句耳语，真鸨带着两个跟班，神清气爽地离开了教室。

看不见真鸨的人影后，柊子凑向低头跪地的夏海，抽泣不止。

“夏、夏海……真的……对不起……”

四目相对的一瞬，两人至今分享过的记忆一幕幕闪过夏海心间。

她们曾仰望着《冬天盛开的花》欢快谈笑。

她们曾替对方出头，畅谈各自的梦想。

她们曾为了梦想切磋砥砺，相互鼓劲。

她与柊子一路走来，那一枚枚鲜明的足迹，竟全是在为今天铺路——念及此，一阵猛烈的虚无感袭上心头，夏海的视野摇晃起来。

“唔，呃。”

紧接着，她感觉呼吸困难，拼了命地试图喘气。然而，吸进去的氧气就像全从肺里漏走了，只有痛苦急速堆叠。

她急了，越急就越难受，转眼间便倒在了地上。

“夏……夏海？！怎么了，没事吧？！”

柊子喊叫的声音渐渐远去。

感官渐次远离现实。对现在的夏海来说，这份隔绝感是如此的温柔。她放任自我随意识一道远去。

一辆救护车将夏海送进了医院。经医生诊断，她的身体没有异常，昏迷是压力下的过度换气导致的。当天她就在母亲的陪伴下出院了。

第二天，夏海如常去了学校。眼见她一天之内便肉眼可见地憔悴下来，柊子彻底蔫了，对她深深地低下头去。

“……夏海，真的对不起。”

夏海飞快地瞥她一眼，一语不发，起身就走。

她的目的地是美术部教室。柊子追在她身后，见她沉默地推开教室门，拼命向她搭话。

“那个……冬天的比赛，你还是会参加的吧？！想成为画家的梦想也不会放弃吧？！”

美术部的桌子上，摊着好几幅部员们画到一半的画。

夏海走到自己的画作旁边，总算第一次开口了。

“就这样吧。”

“什……什么就这样？”

听了柊子的苦苦追问，夏海轻轻闭上眼睛，叹一口气。

“什么都无所谓了。”

说完，她倏地探出手，将自己的画用力揉皱。

少女沉入深海之底的梦幻景象，眨眼间变成了一团废纸。

异常之举骤然在眼前上演，柊子呆了呆，发出哀鸣般的声音。

“夏……夏海？突然间你这是——”

“不画了。没什么好画的，一点意义都没有。”

不等柊子说完，夏海便清晰地宣布。

犹如在证实自己的话，她光是把画揉皱还不满足，又将它一片片撕得粉碎。面对这一切，柊子呆若木鸡，只能怔怔看着。

“怎么会一点意义都没有？”

“难道不是吗？我因为向往《冬天盛开的花》开始画画，参加了比赛，结果是一场空，通过那幅画亲密起来的柊子也背叛了我。我总算意识到啦，出色的画作也好，从中得到的感动也好，对现实生活根本一点帮助也没有。”

夏海的声音在颤抖。每句话都是对从前自己的否定，每说一句，她都会感觉到自身的一部分正在破碎、脱落。

“才……才没有那种事呢！”柊子泫然欲泣，搭住夏海的肩膀倾诉道，“我能与《冬天盛开的花》相遇，能与你这么投缘，真的非常高兴——”

“你以为是谁害我变成这样的！”

夏海用尽全力甩开柊子的手，踩着重重的脚步走到教室一角，将手中皱缩的纸屑扔进垃圾桶。

这是夏海用她的方式宣布与柊子绝交了。

她肩膀起伏，噙着泪对柊子说：“通过那幅画与我投缘，你非常高兴？别忘了撕破画的人就是你。从那一刻起，我跟你就什么缘也没有了。事到如今，你少摆出一副朋友的面孔凑过来。赶紧去找你最喜欢的淡河同学啊，相亲相爱地去说我的坏话好了。”

柊子张口结舌。夏海推开她，快步往外走。

“你不是我的朋友。先说这句话的人是你吧？”

夏海再也不看被丢下的柊子一眼，像要震碎玻璃一样甩上门。

从那一天起，夏海就以在家疗养为名，再也不去上学了。

* * * * * *

夏海说完后，漫长的沉默降临了。

面对低头不语的我，夏海小心翼翼地说：“那个，我能告诉你的就是这些了……”

“嗯，知道了。谢谢你告诉我。”在夏海的催促下，我深吸一口寒冷的空气，开口说。

导致两人决裂的“误会”，并不是来自夏海，而是笼络了柊子的真鸨。真鸨见夏海竟敢挑战自己的权威，便假装与柊子交好，暗中煽动两人反目，从而报复夏海——这就是全部的真相。

然而，好不容易真相大白，我却没有半点成就感。光是为了按捺住腹中翻腾冲撞的怒火，我就用尽了全部力气。

我闭上眼睛，尽量冷静地开口：“今天就先到这里吧。抱歉啊，明明是我叫你出来的，不过我现在有个地方要去。”

好不容易，我才挤出这么一句话。

夏海提心吊胆地问：“你……你要去哪里？”

我原本想，至少在夏海面前要保持冷静，但不行了，已经到极限了。

我从夏海身边经过，怒火再也无法压抑。

“还用问吗？那个渣女，我现在就去把她揍飞！”

我目不斜视，大踏步往前。夏海大惊失色地追上来。

“冷……冷静一点啊！柊子……不是，缘小姐！”

肩膀被夏海抓住，我被迫止步。

夏海一脸凝肃地打量我的面庞，然后深深点一点头。

“我完全确信了，您不是柊子。缘小姐，怀疑了您，对不起。”

“啊，嗯……你能相信就再好不过了，不过怎么突然这么确定？”

“因为柊子不会说那样的话。”

“这样啊……她没说过吗？”

一想到我不久前还眼泪汪汪地求着夏海相信我，我的心情就变得相当复杂，总觉得不太能释怀。

夏海则再度劝诫我。

“缘小姐，别太鲁莽了，很危险的。您应该也知道，淡河同学在学校内外都有很大的影响力。一个弄不好，还不知道她会对你做些什么。”

听到这里，我总算明白柊子为什么一直不肯对我说实话了。

不仅是因为她想代替我死去，也不仅是出于毁掉我画作的罪恶感。她是担心着我，生怕我一不留神就成了真鸰恶意的牺牲品。她没有将所有的过错都推给真鸰，恐怕也是心存负疚的缘故。即使只是一时，但她毕竟曾将真鸰视作友人，相信了她。

一念及此，我又意识到，夏海会顽固地拒绝柊子，恐怕也是另有理由。

“这么说来……夏海，你至今一直不肯敞开心扉，难道是为了柊子着想？为了保护柊子免受淡河同学的伤害？”

既然柊子是受真鸰逼迫才与夏海决裂的，那如果她再与夏海有所牵扯，下一个受害者也许就是她了——夏海正是警惕着这一点，才一直与柊子保持距离。她们两个是好朋友，拥有同样的思路也不足为奇。

听了我的推测，夏海移开了视线。

“是有这个原因在……但不是全部。”

她的眼睛有些湿润。

接着，她一吸鼻涕，嗫嚅着开始诉说。

“刚跟柊子成为朋友的时候，我真的好高兴。我以前就很在意她，可她性格内向，成绩又比我好出不知道多少，很难找到机会接近她。没想到，那幅画给了我契机，让我能跟柊子一起欣赏着画作说笑，也让我意识到，就算特长、性格不一样也没关系，人与人之间还有比这些更重要的东西。”

夏海低垂着头，泪水滴落，晕湿了地面。

她用手擦擦眼泪，声音含混地继续道："谁知道……我和柊子的情谊竟然那么轻易就被毁掉了。没错，那是淡河同学的阴谋。没错，柊子是没办法才会服从她的。我都懂的。可这样一来……所谓'友情'究竟算什么？"

夏海抬起头，难过地质问我。

"屈服于威胁，对朋友什么事都做得出来，这真的还是友情吗？这样的友情，真的有必要存在吗？我一直相信的东西，全都是些没意义的——"

夏海窒涩的声音戛然中止。因为，我紧紧抱住了她。

她的体温、心跳，与我的混在一起。

"你真的很坚强，夏海。"

好一阵子，夏海失去了言语。可渐渐地，她像是终于理解发生了什么，牢牢抓住我，发出了压抑的哭泣声。

眼泪濡湿了我的制服。我毫不在乎，温柔地轻拍她的肩膀。

"你和柊子的友情绝对不是没有意义的，我绝不会让它没有意义。所以啊，就算你一时没办法原谅柊子，你仍然可以挺起胸膛，相信你们曾经一起筑起的珍贵情谊。"

"嗯……"

不久，夏海恢复了平静。

她放开我，脸上稍微有了一些血色。我刚才不过是说了些安慰的话，但总比什么都不做强多了。

我稍微放宽了心，对夏海微微一笑。

“明天我就去找淡河同学谈话。放心吧，我不会让她再碰你一根手指头的。”

“……由我说可能有点儿怪，但我觉得事情可以结束了。在这个世界上，就是有些事没法讲道理，就是有些人没法相互理解。趁着你没有留下糟糕的回忆，现在收手还不算晚。之后就是转学的我和柊子之间的问题而已……”

听着夏海心如死灰的话语，我静静摇了摇头。

“不行，我没法撒手不管。刚才我也说了，淡河同学很可能与意识交换现象有关。我会先找她谈话，如果说不通，就得进一步思考对策了。”

夏海一脸不可思议，不安地喃喃：“就算你说要谈话……”

“没事啦，一定会有办法的。别看我这样，岁数可是你的两倍哦。”

为了让夏海安心，我特意调动起乐观的语气。管她真鸨会使什么手段，再等下去，柊子可就要死了。光脚的不怕穿鞋的。

更何况，我丝毫不打算空着手去跟真鸨谈话。

柊子仍是谢绝会面的状态，再待下去也无事可做。我打算带夏海离开医院，没想到刚一抬腿就被她叫住了。

“那个，缘小姐，我可以再问您最后一件事吗？”

“当然啦。别说‘最后’，问多少都可以。”

见我答应得爽快，夏海稍显赧然，小声发问：“缘小姐……像你画上那样在雪中盛开的花，你觉得……真的存在吗？”

她一个中学生，问大人这样的问题，恐怕多少有些羞涩。

就事论事，我现在已经知道，冬天开放的樱花是实际存在的。子福樱、不断樱之类的品种，包括冬天在内，一年能开两次，而且花期从秋到春，非常长。

不过，我决定暂时先不提这一茬儿。固然有我不曾亲眼见过的理由在，但更重要的是，我认为夏海想要的并非这样单纯的正确答案。

我琢磨了一番她问题背后的意思，堂堂正正地答道：“你以前不是也说过吗？它说不定就存在于世界的某处。就算今天没有，明天的情况又有谁说得准？植物经历了长年累月的进化，说不定什么时候就会结出出人意料的果实。你说呢？”

我不是在说场面话，而是发自内心地这样想。

夏海大概也注意到了，长叹一口气，自言自语道：“缘小姐内心真的很强大。”

我不由苦笑，敲一敲自己的右脸，说道：“我现在可是正在体验着意识交换这种级别的超自然现象啊。区区冬天盛开的花，根本就不算什么嘛……而且，人活一世，来都来了，没见过的东西与其一口咬定‘不存在’，还不如去想象‘说不定真的有’更快乐，对吧？”

我两手背在身后，仰望着光秃秃的染井吉野，为我被毁掉的画送上祈祷。

“那幅画，正是寄托了我对未来的全部期望。”

第二天，我走进学校，脚步前所未有地铿锵。

多亏夏海的话，我已经明白了全部真相，包括我与柊子的联系、柊子与夏海的决裂，还有在幕后操纵一切的淡河真鸨。

为了解决所有问题，与淡河真鸨的接触不可避免。如果说柊子的求死之心是我与她意识交换的导火索，那真鸨就是根本原因之所在。反过来说，只要斩断与真鸨的孽缘，消除柊子与夏海之间的芥蒂，意识交换说不定就能消失。

我一路跌跌撞撞，好不容易走到了这里。凡是能做的事，不管是什么我都会做到底。

教室中，淡河真鸨正在悠闲地读书。

我下定决心，开口道：“淡河同学，能不能跟我去旁边说两句？”

大概是注意到我的气场和平日不同，班上好几个同学都朝这边投来了视线。

真鸨毫不在乎她们的目光，坦荡地笑答：“当然没问题，什么事呢？”

面对那样的笑容，要不是我非常信任夏海，恐怕真的要怀疑是不是哪里弄错了。就连我曾亲眼见识过的种种“暴君言行”，说不定也会在我心中彻底正当化。

然而，这名少女面具下的真容，我绝不能无视。

僻静走廊中，我确认四下无人，率先开口。

“雾岛夏海的事，还有她不来上学的原因，你都还记得吧？我希望你以后不要再做那样的事了。不仅对夏海，对其他学生也一样。”

“你在说什么呢？那些事是你想做的吧？‘已经受够了，不想再跟吊车尾的同学来往了’，说这话的人不是你吗？”

真鸮瞥我一眼，轻蔑地耸了耸肩。

“你现在才知道害怕，把责任全推给我，未免太可怜了一点。”

真鸮的反应在我预料之中。她要是那种听几句大道理就会改过自新的人，打从一开始就不会做那样的事了。

我将藏在身后的“撒手锏”递给真鸮。

“淡河同学，请你看看这个。”

透明文件夹里，夹着一张纸。

真鸮接过一读内容，第一次露出了错愕的表情。

“这是……”

文件上记载的，是学生会会长的罢免条款。

根据校规，只要得到全校三分之二学生的签名，就可以罢免学生会成员。虽然是一道高度形式化的条款，但规则就是规则。真鸮身为学生会会长的地位，绝不是不可撼动的。

真鸨的震惊没有持续太久。她大致读过一遍文件，满脸不快，连着文件夹一起塞回给我。

“亏我以为你有多大手段，真没劲。就这点不着边际的威胁，你不会真以为能吓到我吧？”

她说得没错。我还没有开始收集签名，而且照现状很可能根本拉不到足够的人数。真鸨会惊诧，更多是因为一向文静老实的柊子竟会拿出强硬的手段，与罢免条款本身倒没多大关系。只见她转眼之间就恢复了平日的傲慢。

我接过文件，毫不退缩地与真鸨对峙。

“现在你知道我是认真的了。但在真的动手之前，我想先和你推心置腹地说几句话。你应该也不想无谓地冒险吧？”

真鸨还是个初中生，不到万不得已，我不想动用强硬的手段。更重要的是，对于真鸨，我还有很多不了解的地方。

“要是说几句话就能让你满意的话，尽管说吧。虽然我不认为这能改变任何事。”真鸨不耐烦地冷哼一声，说道。

我深呼吸一次，定睛看着真鸨的双眼。

“淡河同学，由于之前那件事，夏海再也无法画画了。她从小学起就一心一意地梦想成为画家，现在却说打算放弃了。你对这一切什么感觉都没有吗？”

“我只能认为她做出了明智的判断。相当明智。”

真鸨完全不把我的质问当回事，残酷地微笑起来。

“画家这种职业，能成功的只有极少数的天才。光有天赋不够，还必须拥有相应的能力。区区一个中学级比赛就碰壁，这样的人不可能在画家的世界有所成就。雾岛同学不过是沉浸在孩子气的幻觉中，以为自己无所不能罢了。她能在丢光脸面之前及时收手，从长远来看算是一种幸运呢。”

“你又不是画家，凭什么这么说呢？就算她没能成为画家，拼命付出过的努力也不会白费啊！”

我调动全身的自制力，尽可能冷静地反驳。

真鸨像是要显示她有多从容，将乌亮的长发拂到背后。

“我对所有才艺都有所涉猎，绘画也不例外。所以，我很清楚没有才能的人会落得怎样的下场。”

“你是什么意思？”

面对我低沉的质问，真鸨坦然答道：“悲惨、孤独，以及凄凉的死亡。不被任何人需要，也不为任何人所爱，白白地被榨干最后一滴生命，在失意之中死去。他们错失了回头的机会，等到一切为时已晚才醒悟。于是他们逞弄巧舌，操纵言辞，从我们其他人手中巧取豪夺。因此，无知者有罪，怠学者为耻。每个人都有属于自己的位置，只有安分守己，与相称的人交往，才有可能得到幸福。”

“不要擅自决定别人的幸福。我认为，正因为人生有限，才更应该与不同的人交往，接触各种各样的价值观。”

我立刻出言反驳。真鸨的一言一行几乎全与我的观念相悖，我腹中像有什么东西在腾腾燃烧。

我深呼吸让自己冷静下来，直视真鸨双眼。

“你说的‘每个人都有属于自己的位置’，无非就是以学习成绩为标准吧？但是，你眼中平凡的学生，可能私下里用功学习会考出比你更优秀的成绩，也可能在课外隐藏着某种厉害的特长，不是吗？”

我暗暗祈求，希望我的话能触动真鸨的良心。

然而，真鸨的双眸漆黑如旧，不见一丝受到触动的痕迹。

“不能断然否认这样的可能性，但概率微乎其微。一个始终活得很散漫的人，只会逐渐习惯自己的无能，既不能发挥才能，也无法实现飞跃性的成长。真正有能力的人从一开始就会明确展示出实力。除此之外的人，必须用危机感去点燃他们。”

“所以你就先下手为强，煽动他们的危机感？”

真鸨傲慢的言论逐渐将我的忍耐推向极限，我的眼神、语气渐渐带上了刺。

“全都是些以自我为中心的歪理。你不过就是用对自己最有利的方式在解释世界而已。”

“你真的这样想吗？”

她这么一问，我一时语塞。

眼前，真鸨双目灼灼，绝不仅仅像是在任性妄为。

“淡河同学是个天生的才女，因此蛮不讲理，凭着一时高兴就去欺负差生。户张同学，你真心这么想吗？”

她认真的眼神向我直射而来，我不由得吞下一口唾沫。

我原本轻蔑地认为她不过就是个中学生，但她现在这份魄力，让我第一次有了畏缩。

“你到底想说什——”

“那我反过来问问你。你真的能够挺起胸膛，断言自己的观点不是以自我为中心吗？你至今交往过的人，也都是你凭着独断与偏见选择出来的吧？”

在意想不到的反击之下，我张口结舌。

“这……”

这是诡辩。跟每个人都平等地构筑关系，非人力所能为。然而，真鸨精准选择时机发出的这一击，足以让我哑口无言。

见我无言以对，真鸨一脸愉悦。

“你也一直在挑选交际对象，只是挑选的标准与我不同罢了。你要是以为自己做过的事从没有伤害过任何人哪怕一次，那才是真的傲慢，而且错到了极点。如果你真像你说的那样重视不同的价值观，就应该也尊重我的价值观才对，不是吗？”

一句又一句连珠炮似的话语将我定在了原地，我的自信心急速流失。

真鸨见我已经被彻底驳倒，心满意足，轻叹一口气，飒爽地从我身旁走过。

“你以为让我看一眼罢免条款，我就会任由你摆布吗？校规就是校规，你若想联署罢免我，还请随意。当然，前提是你有那个能力和决心。至于我，我从来没有怀疑过自己的信念，一分一毫也没有。”

说话间，真鸨一眼都不再看我，优雅地走远，从容之态从背影中看得分明。

我一个人被丢在原地，沉陷在连一个少女也无法说服的巨大挫败感中，只能呆呆站立而已。

回到家后，我扑上床发出怪叫。

“啊——”

我埋头在枕头里掩住声音，朝脑内可恨的真鸨吐出无限的诅咒。

“太奇怪了吧！小时候到底发生过什么才会性格那么扭曲啊！长大了绝对不是什么好东西！竟然还毁了我的画！下地狱去吧！魔鬼！”

像个小学生一样破口大骂后，我心里那口气顺了，仰头盯着雪白的天花板。

好不甘心。明明我还算有自信，结果却被驳得丢盔弃甲，一句话也说不出来。对手还是个上初中的少女。

伤我最重的，是真鸨临走时的发言。

——你要是以为自己做过的事从没有伤害过任何人哪怕一次，那才是真的傲慢，而且错到了极点。

这句话击中了我的软肋。

我曾受到一名少女的触动画下《冬天盛开的花》；曾经豁

出性命救助柊子；曾经向同事、上司隐瞒我的病情；还硬要插手夏海与柊子的不睦。除了这些，一定还有很多是我至今未能察觉的吧？满心以为做了好事，结果绕一大圈回来反而伤害了别人。

当然，我不会因此就放过真鸨，但她的反驳破坏力十足，足以消除我渴望说服她的意志。

“……本来想通过谈话解决的，看来是没戏了。”

就是有些事没法讲道理，就是有些人没法相互理解——夏海说的是对的。说服既然以失败告终，接下去就只能着手推进联署罢免了。要得到全校三分之二学生的签名的确困难，但绝不是水中捞月的事。

不过……

“这样真的好吗？”

我心中的某一部分，仍然不愿放弃让真鸨改过自新的想法。

真鸨还是个初中生。心智尚未成熟却坐拥莫大的权势，任谁都会有些扭曲的。假设联署罢免成功了，然后呢？她也许会反省自己的错误，重新做人。但是，她也有可能由于颜面尽失而憎恨世界，采取一些比现在更过火的行动，或者像柊子与夏海那样陷入自闭啊。

谁都会挑选交际的对象。

真鸨的观点不能说是全错。讨厌的家伙如果只要排挤出去就好，我一个大人在这里又有什么意义呢？

——快想啊，再想想。

我会与柊子意识交换，不仅是因为柊子和夏海被迫绝交，更深层次的原因还在于淡河真鸰。她至今仍然像一堵高墙，耸立在两位好友的和解之路上。为了越过这堵墙，究竟有什么是我能做的？

更准确地说……有什么是我才做得到的？

我逐一整理迄今获得的情报。

我与柊子意识交换的缘由。

柊子与夏海成为朋友的契机。

在真鸰的暗中操纵之下，两人友情破裂的原因。

“啊……”

我下意识弹起身，紧紧盯住这一学期的校历。

现在是十二月上旬。时间已经很紧了，但应该还来得及。

我马上跳下床换衣服，拨出某一串电话号码。

——只有我才做得到的事，一定存在。

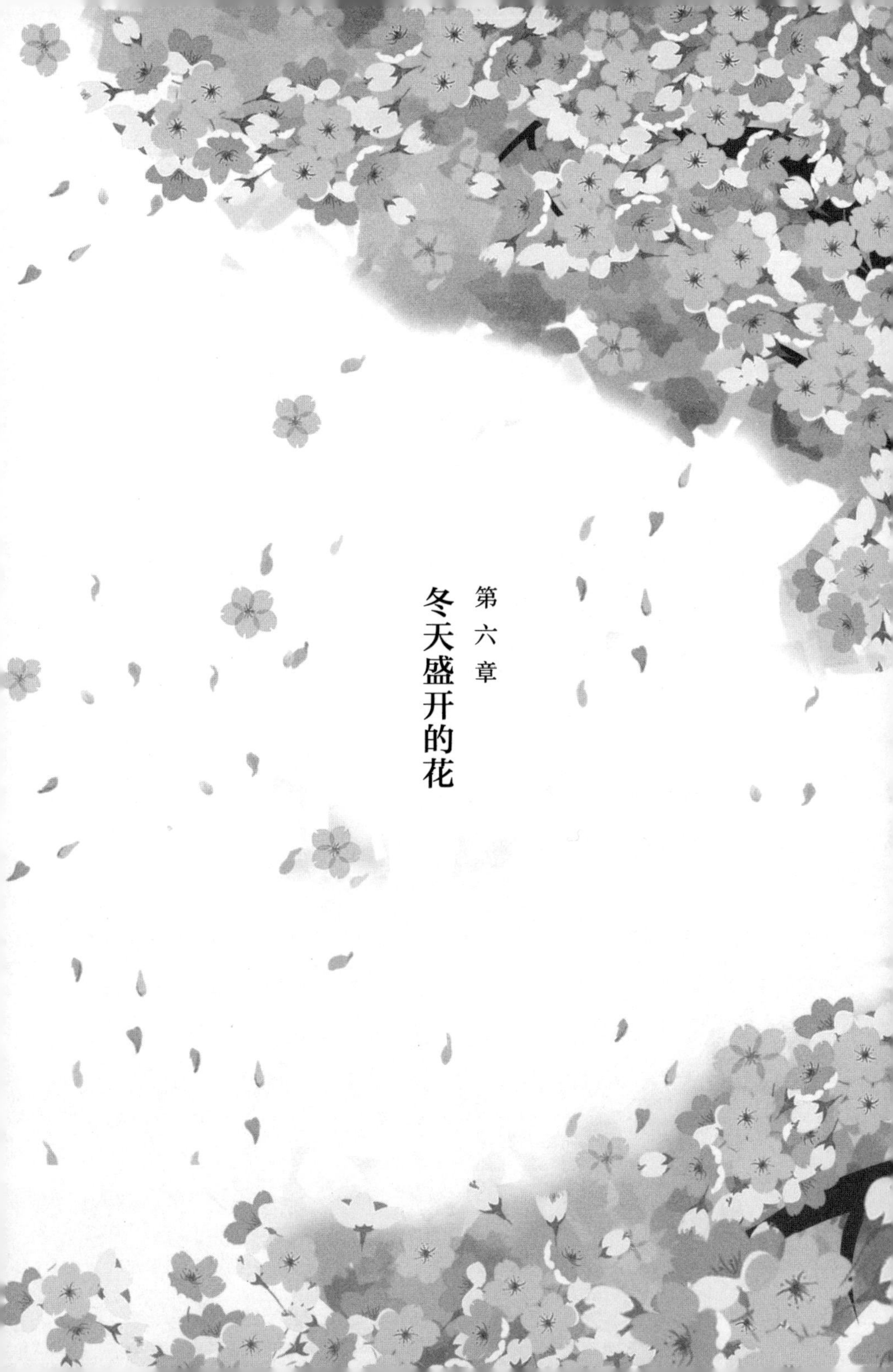

第六章 冬天盛开的花

几天后，我完成了诸项准备工作，前往柊子的病房。

我事先已经打过电话，确认可以与柊子见面了。然而，在前往医院的路上，我仍然紧张不已。上次我与柊子大吵一架，程度之激烈，很可能是我有生以来头一遭。要说我毫不介怀，那就是谎话了。

病房门前，我闭着眼睛久久伫立，深呼吸。

没问题的。虽然绕了很多远路，但我正在逐渐接近目标。我暗自鼓励自己一番，心一横，推开门。

柊子正躺在床上，模样大变，与刚住院时相比像是换了一个人。

她的皮肤苍白发青，而且大概是没有充分摄入营养的缘故，头发干枯凌乱。脸颊陷了下去，颧骨随之凸起。就连眼神也一片虚无，但这恐怕与病魔无关。

顶着这样一副鬼魂般的面孔，她睁眼见到我的第一句话却是："答复，想好了吗？"

不必说，她询问的只可能是那件事——我的决定。

上次见面时，她提出由我使用户张柊子的身体活下去，她则作为赤月缘死去。

我毫不迟疑，断然道："我拒绝。不然你以为呢？"

听了我的回答，柊子只是微微动了一下眉毛。

我一手叉腰，气呼呼地说："我的身体只属于我，才不会交给你呢。借别人的东西，咱俩都得好好还回去，你说呢？"

柊子垂下眼帘，小声嘀咕："就算您这么说，还是连该怎么办都不知道……"

我耳朵尖，听了之后，一打响指，笑眯眯地宣布："说得好，我今天过来就是为了这件事。这一次，我们应该真能换回去了。"

"咦？"

柊子目瞪口呆。我则先花费一段时间，将迄今为止的事报告了一通。包括我从夏海那里得知了全部事实，随后又与真鸮谈了话。

基于全部情报，我产生了一些思考。

意识交换现象发端于柊子与夏海的决裂，而她们的决裂又与真鸮的恶意密切相关。反过来说，真鸮很可能是让我们恢复原状的重要人物——我首先想到的就是这一点。

然而，昨天一番对话后，我意识到，真鸨扭曲的自尊远比我想象的更加牢固。为此，我决定从她周围的人身上入手。一旦连她的跟班都改变想法，再加上联署罢免的校规，她想必会对自己的职位产生危机感，进而认识到自身的错误。

要想驱散真鸨在校内散播的负面能量，必须创造出足以与之对抗的正面感情，而且最好是能与夏海、柊子共鸣的感情，范围要尽可能广泛。通过反复思索，我决定策划一场圣诞派对。以派对为契机，消除同班同学间的隔阂，削弱真鸨的影响力。

话虽这么说，派对计划要是遭到反对，一切就都无从谈起了。为此，我向班上部分同学提出了一项简单的请求。

以五十岚、雪村等与真鸨相对疏远的学生为主，我提前跟大家沟通了参加派对的事。不需要她们特意做任何事。我只是拜托道，如果她们也希望“校内同学间能更友好地相处”，能否在班会上赞同我办派对的提议。只要超过半数的同学都赞同，哪怕是真鸨应该也无法轻易推翻提案。

就这样，我做好事前疏通，在班会上正式提议举办圣诞派对，并简略说明了时间、参加费、举办的意义等。

最后收尾的是这一句话——

“重头戏是我与夏海策划的‘冬天盛开的花’。绝对不会让大家失望的。”

此言一出，好几个昏昏欲睡的学生都惊醒了。

“咦？雾岛同学最近不是没来上学吗？”

“‘冬天盛开的花’又是什么啊？”

“哼哼哼，这可是派对当天的惊喜哦。”

面对来自教室四面八方的提问，我意味深长地笑起来。

听了我的话，学生们交换着好奇的眼神。

“告诉我们嘛，很让人在意耶。”

“派对啊……怎么样？要去吗？”

“这个嘛，难得举办一次，要是没别的事就去吧。”

我的发言既是为了吊起同学们的胃口，也是在向真鸨挑明态度——你否定的“冬天盛开的花”，以及柊子与夏海的友情，我全都没有放弃呢。

那么，真鸨的决定又会是——

“真是一项出色的提议。请务必让我也参加。”

她赞赏地拍起手来。

见了她的反应，不少同学面露讶色。这可是让全班同学共度欢乐时光的派对，真鸨要么会反对，要么会明确地拒绝参加——恐怕大家都是这么以为的。

不过，我确信真鸨不会反对。以她一贯的立场，想必不会喜欢学生间平等的交流。可现在班上的气氛一目了然，绝不是要否决我提议的样子。这么一来，还不如同意在校内举办派对，自己也参与进去，从旁监视——她自然会这样判断。

只见真鸨站起身，浮夸地一手按在胸前，继续道：“户张同学的理念让我也深受感动。就让我作为学生会会长做好工作，取得学校的举办许可吧。”

说这话时，她一脸的笑容，可那表情不是在由衷地期待派对，而是在威胁我不要反悔。

果然，她像要堵死我的退路一样，笑吟吟地进一步提议：“机会难得，不如让其他班级、年级的同学也参与进来，隆重地闹一场吧。”

我说完后，尴尬的沉默降临在病房中。

良久，柊子小心翼翼地举起皮包骨的手。

“……那个，虽然我有很多想吐槽的地方……但就算那个派对成功举办了，又能起到什么作用呢？”

听了柊子一针见血的提问，我得意地挺胸道：“你看，这么一来‘柊子’在班上的人缘就变好了，罢免淡河同学的胜算又高了一筹。最理想的情况下，时机一到，你说不定还能成为下一届学生会会长呢。”

“竟然是这种政治目的？”

“啊哈哈，当然啦，这不是我的主要目的。”

我淘气地一笑，换上认真的表情，说出了真正的答案。

“一旦‘冬天盛开的花’企划成功，打淡河同学一个措手不及，你们就可以自信起来了——你与夏海最珍视的回忆确实是有价值的。这样一来，你就再也不觉得自己还会重蹈覆辙了吧？这次的派对，正是为此搭起的垫脚石。”

我一直认为，意识交换之所以无法恢复，正是因为柊子缺乏自信，而且对真鸨充满了恐惧。不管我为此浪费多少唇舌，都不可能治愈柊子与夏海受伤的心。

因此，本次的计划是必要的。为了让交换复原，也为了让柊子与夏海能从此抬头挺胸地活下去。

听了我的话，柊子深深地低下了头。

“……为什么？”

她紧紧攥着被子，发自内心的不解就写在脸上。

“只要您放手什么都不做，就不会经历任何的不愉快，还能健康地活下去……您就这么讨厌用我的身体生活吗？”

“怎么会呢？你的人生非常有意思啊。”

不是场面话，也不是在客气，这是我由衷的想法。柊子的生活有好事也有坏事，正因如此才能充实地度过每一天。

听我这么一说，柊子更加惊讶，问道：“那到底是为什么呢？如果回到原来的身体，您可能会死啊。我对您的身体犯下了不能挽回的过错，还说了好多过分的话，为什么要为我做到这个地步？”

柊子是在用她的方式关心我，我很感谢这份体贴。但是，她似乎有一些误会。

我会采取这样的行动，并不仅仅是为了柊子与夏海。

“‘冬天盛开的花’同样也是我珍贵的回忆。”

对我来说，利他即是利己。我还没有老好人到自愿自觉、自我牺牲的地步。

我望向窗外，回忆起往昔，不禁眯细了眼睛。

“我呢，小学的时候性格超阴暗的，能让现在的你望尘莫及。反正都活不长，我活着到底有什么意义呢……成天被周围人无谓地同情，我自暴自弃，每逢休息日就在外面漫无目的地瞎逛，一个人画画打发时间。”

简而言之，就是人人都有的那个东西——黑历史。

不过，对于那时的想法，我虽然会反省，但从不认为那是什么羞耻的事，非要否定不可。我相信，正因为经历过那样一段时间，我才会成为今天的我。

“有一天，我记得天气很冷。我正在公园写生时，碰见了一个比我还小的女孩子，她缠着我要我给她画一幅肖像。我觉得很麻烦，但还是画给她了。没想到啊，那孩子看了我稚拙的肖像画，高兴得就快跳起来了，甚至说什么‘我一定要成为像姐姐一样的画家’。”

小孩子很单纯，稍微看到一点厉害的东西，马上就会心生尊敬。然而，正是那份单纯拯救了我。仅仅一张笑脸，一句简单的感想，光芒就射穿了我心中的乌云。

我没有询问少女的名字，对她毫不了解，因此也不知道她现在身在何方，在做什么。她恐怕也早就不记得我了。不过，如果她现在还在世界的某处，为某个人传递着希望，那我就再高兴不过了。

“那孩子对着我笑时，让我打从心底里高兴起来，一下子觉得成天考虑那些阴暗的事情太不划算了。人终有一死，与其闷闷不乐，不如多做些为女孩画像一样的事，为他人带去喜悦，自己也收获快乐。紧接着我就画了那幅《冬天盛开的花》。‘不管处在怎样严酷的环境中，一定有希望等待着我们’，这样的心情，我想要传递给所有人。”

这份心情中包含着我的决心。向死而生，至死方休。我要向全世界证明，少女那天赠予我的希望是有价值的，像我这样没能蒙得上天惠赐的健康体魄的人也是有价值的。

我不愿忘记因那名少女而觉醒的心情，于是将它留存在了画中。寒冷公园中，少女灿烂的笑容，正是我“冬天盛开的花”。

“如果没有与那孩子相遇，那幅画就不会诞生，我也依旧会是一副阴暗的性格，在上一家黑心企业里工作。你与夏海的相遇，大概也会变成另外一副模样。要是这一切全被淡河同学否定了，我第一个就咽不下这口气。”

淡河真鸨不仅侮辱了柊子与夏海。我和当年的少女——不，不止我们，世界上所有与我们抱持同样理想的人，全部都被否定了。

这样的事，我无法坐视不理。人与人之间传递的希望，我绝不会任人践踏。

她竟敢嘲笑“冬天盛开的花”，那我就用这花打得她一败涂地。

“缘小姐……”

柊子睁大了眼。我平时总是没个正经，突然现出这一面，她大概有些意外吧。

然后，她湿了眼眶，一吸鼻涕。

“对不起。我在这边闹别扭，缘小姐却怀抱着这么强烈的决心，跟夏海和淡河同学打了好几场硬仗。可我作为当事人，竟然一点也不体谅您，还说什么‘没有那幅画就好了’……我真的好过分。”

柊子垂下视线，恰好与我四目相对。

我从下方端详着她的脸庞，补刀道：“就是啊，柊子。你那句话让我好受伤啊，还有擅自停药的事也是。”

“对、对不起，我真的做了最不该做的事……”

“你真的在反省了吗？拼命反省了？”

“在、在反省了啦！为什么突然冒出这种小学生发言？”柊子瑟瑟缩缩地反问。

我见状心满意足地笑起来，顺势要求：“那就太好了。我正好有一件事想让你帮忙呢。”

我策划的“冬天盛开的花”，说白了其实就是校内彩灯大会。

在外人看来，我只是在筹备一场盛大的派对，但我知道，这是真正的胜负局。真鸨竟敢否定“冬天盛开的花”，那我就要用这花的力量，点燃受她支配的学生们心中的火焰。对骄傲的真鸨来说，再没有比这更大的耻辱了；对我们来说，则意味着备受珍视的情感之力跨越了名为真鸨的高墙。到了那一刻，柊子渴望死亡的内心中，生机必将萌芽，她与夏海的友情也一定会比从前更加深厚。

如果一切都顺利进行——我与柊子的意识交换必定也能复原。经历诸多坎坷后，我好不容易走到这一步，只能秉持信念一冲到底了。

星期五放学后，柊子取得了外出许可，加上我跟夏海，三个人一起来到学校装饰彩灯。等到星期日校园开放，同学们就能欣赏到光芒织就的花树了。为了给灯饰计划保密，我们封锁了学校大门，届时只能通过后门进出。

我事先通过 Line 与同事取得联系，随便编造了一些“想哄住院的孩子们开心”之类的理由，从我上班的企划公司租来了一应照明器具。当然不是免费的，但我很幸运地拿到了内部员工价，再加上我一直在为某一天开始长期住院而存钱，因此顺利地完成了调配。等待物品送达期间，我向学校的老师们说明缘由，拿到了校庭平面图，规划好了连接电线与灯饰的具体配置。

如我所料，取得“赤月缘”的外出许可颇是花费了一番功夫。那副身体虽说有所恢复，能够行走、散步了，但毕竟是紧急送进医院来的，期间还经历了病情的急剧恶化，不知道什么时候就又会倒下。然而——不对，正因为如此，柊子向主治医生深情恳求后，总算赢得了许可。我想，主治医生多半是存着“别让她留下遗憾”的意思，希望尽可能尊重患者的意愿。

这等同于又一次向我宣告，我已经时日无多了。不过，我心中并没有恐惧。世上最可怕的事，莫过于志未竟而身先死。凡我手上的筹码，我必将全部赌上，全力以赴，不留遗憾。

“不过，真的这样就行了吗？”

暮色迟迟。我们在校庭内悬挂灯饰时，夏海不安地低语。

她一脸担忧，凝视缀着几个 LED 灯泡的电线。

“彩灯装饰而已，冬天一到，哪里都会弄，不少人甚至会在家里挂呢……”

夏海的顾虑再合理不过。“冬天盛开的花”姑且算是个惊喜，只能在学校没人时准备，也不能被人发现灯饰的存在。从前，我多次参与筹备过类似项目，但从没有亲手挂过彩灯，更不知道它对中学生有多大吸引力。

即便如此，我仍然意气扬扬，以十二万分的自信断言：“没问题的。这一场灯会啊，缘姐姐我可施了厉害的魔法哦，谁见了都会被迷住的。”

我有自信，灯饰经我之手必将绽放出最美的花朵，不会输给任何人。

夏海把手头的灯饰挂上枝头，小声嘀咕道："唔……我还真有点儿担心，不止这个，还有别的……"

说着，她朝装着灯饰的箱子伸手。

"啊。"

一不小心，她碰到了同时探进箱子的柊子的手。

准确地说，那是装着柊子人格的我的手。咫尺之间，两人大眼对小眼，陷入了沉默。

她们对视了好一阵，可惜，没有进一步的进展。

"……我去那边挂。"

夏海随手抓起一束灯饰，淡淡留下这么一句，到远处去了。

我策划这场"冬天盛开的花"，目的之一就是想让这两人在帮忙准备的过程中和好。不过看样子，她们之间的裂痕仍然很深。

"柊子，你也过去那边怎么样？个子高的人干活更方便，而且这是个好机会哦，可以跟夏海单独说话。"

我这么一提，柊子按住颤抖的右手，声音细如蚊虫。

"我不知道说什么才好……"

她一吸鼻子低下头，满脸自我厌恶。

"其实我有一肚子的话想说，但又害怕跟夏海面对面。总想着万一被拒绝了怎么办，万一没能和好又该怎么办。"

我一边听，一边瞄瞄夏海离开的方向。夏海正在挂彩灯，始终背对着这边，多半是故意的。

我看得直挠头。这两个人，没一个坦率的。

“你是不是在想，只要不轻举妄动，至少不会让关系恶化？”

面对我的质问，柊子有些难为情，轻轻点了一下头。

如果时间充裕，这倒也不失为一种选择。可是现在，什么都不去改变才是最危险的。

“柊子，有些东西，眼下你可能习以为常了，但千万不能觉得它是永恒不变的。人永远不知道明天会发生什么。今天富可敌国的人，明天说不定就会遭到欺诈，失去一切；今天还在大公司工作的人，明天说不定就会遭遇裁员，流落街头；今天还健健康康的人，明天说不定就会碰到随机杀人犯，或者遭遇事故。对我，对你，对夏海，都是同样的道理。”

听了我的话，柊子喉头微微一动，咬住了嘴唇。

我进一步说道：“所以，必须时刻思考，不断做出对自己来说最好的选择。柊子，对现在的你来说，最好的选择真的是维持现状吗？你难道不是因为想改变自己才相信我，来到这里的吗？”

“我……”

柊子的迷茫只持续了一瞬。

她抬起头，直截了当地对我说：“不是。我害怕就这样跟夏海形同陌路，比死更怕。”

我放缓了表情，赞赏柊子的勇气。

“看来你已经做出决定了。没事的，比起让花朵在冬天盛开，比起死亡，与朋友和好不过是小事一桩罢了。”

柊子会恐惧，恰好证明了她是多么珍视与夏海的友情。如果现在逃跑了，事后涌上来的悔恨一定远非此刻的不安可比。对这一点，柊子应该也有切身的体会。

她只不过是需要再来一句话，能在她后背轻轻推一把，一句就好。

“害怕去面对面？别在意这些细节。你现在可是赤月缘啊。”

我用手，用这句话一推她的后背，一口气点燃她。

“拿出让我颜面扫地的劲头，冲上去吧！”

“……是！”

柊子用力一点头，奔向夏海身边。

我听不到她们说话，但一点也不担心。一个劲儿地盯着人家看未免不识趣，我集中精神，回到了手头的工作上。

柊子靠近时，夏海循着脚步声回头。

尽管顶着赤月缘的躯体，柊子仍羞愧地瑟缩着，用微弱的声音说：“……说是‘个子高的人干活更方便’。”

夏海来来回回地把柊子从头打量到脚，哼出一声，讥刺地说：“一阵子没见，你长大了不少嘛，柊子。”

“……嘿嘿。”

柊子害羞地低笑两声，随即抿紧了嘴，深深低下头去。

“对不起，夏海。”

她低垂着脑袋，泪水滑出眼角，滴落在地。

接着，她一吸鼻涕，仍旧低着头说：“我对你做了非常恶劣的事。那天，我对你说的话都是淡河同学指示的，但过错并不能全推在她身上。其实，我心里是存了一丝怠慢，觉得我事后再去找你道歉，你一定会原谅我的。我仗着我们是好朋友……不，正因为我们是好朋友，有些话才绝对不该说出口。可当我意识到的时候已经太晚了。”

说完，柊子抬起头，红肿着双眼，从上衣口袋里掏出一个小小的纸盒子。

盒子里盛着一枚串珠做的发饰。当柊子听缘说要和夏海一起准备派对时，便拜托她买来了材料。

在病房中，柊子用不习惯的双手做好了发饰，现在又坦然将它递出。

“我绝对不会再犯同样的错误。你打我也好，踹我也好，我发誓，会用一辈子去弥补我的错误。所以，请你……请你重新和我做朋友吧。”

一时间，夏海什么也没有说。

她缓缓移动视线，从柊子看到发饰，慢慢闭上了眼睛。

“……柊子，你还想成为植物学研究者吗？”

“呃，嗯。为此我对比了很多大学——”

夏海快步走向柊子，毫不留情，抬手将小纸盒打落。

纸盒坠落在地，亮闪闪的发饰蒙上了尘土。

“没用的。”

冷酷的话语从夏海口中吐出，刺穿了柊子。

柊子呆住了，夏海的言语攻击却丝毫不见停止。

“把研究当工作，每天都得去做，你知道这有多辛苦吗？所谓的‘研究者’，才不是你想的那种光鲜又帅气的职业。工作又忙，收入又低，真正想做的研究根本没机会去做，往往到最后身心俱疲，只能落得个辞职的下场。你看看你，一个淡河就吓得你言听计从，你真以为你受得了那样的工作？”

柊子颤抖起来，犹如冻僵了一样，嘴角微微战栗。

夏海却像是还嫌不够，提高音量，否定的言辞接连涌出。

“所以，没用的，你做什么都没有意义，只是在浪费时间跟金钱，明白了吗？明白了就赶紧放弃吧，去找个别的出路，你父母绝对也会高兴的。”

一通话说完，漫长的沉默降临了。

柊子立在夏海对面，泫然欲泣。夏海这一席话，比真正的拳打脚踢伤她更深，深深剜绞着她的心脏。

她肩膀起伏，吐出腾腾白气，竭力搜寻着稀薄的氧气。

“就算是这样，我也……”

夏海望着她这副惨相，终于受不住了，嘟哝着把头发抓得一团乱。

“啊，真是的，我果然不适合说这种话。”

她的声音透着一股自我厌恶。

眼看柊子一脸呆滞，夏海换上认真的表情，叮嘱道：“你就是这样捅我刀子的。绝对别忘了你现在的心情，最重要的念想遭人否定，就是这样的感觉。答应我，以后别再做这种事了，不仅对我，对谁都一样。”

顿时，柊子绷紧了表情，一擦眼泪，郑重地说：“我答应你，绝对不会忘记。”

听了柊子的话，夏海俯身拾起被打落在地的发饰，拂掉尘土，将它绑在发间。

手工制作的发饰歪歪扭扭的，可在这一刻，夏海觉得它就是最适合自己的装饰品。

这时，她终于绽开了自然的笑脸，说道：“你能理解就最好不过了。一直生气也很累啊！”

听到这里，安心的泪水滑出了柊子眼角。她无声地点了点头。

接下去，两人回到了安装彩灯的事情上，彼此协助，推进工作。这时，夏海开口了。

“我也没有放弃成为画家的梦想。”

柊子不禁抬眼。夏海的侧脸凛然无畏，几乎不像个初中生。

夏海手下不停，继续道："我跟缘小姐也说了，该叫'瓶颈'吗？那件事之后，我别说画画了，就连轮廓线之类简单的线条都画不好。不知道还要多久才能像从前那样画画……但我会好好练习，一点点恢复的，绝对会在初中阶段拿个奖给你们看。"说着，夏海看向柊子，粲然笑道，"我啊，还是最喜欢画画了。"

知晓了夏海的决心，柊子固然高兴，却也尝到了深深的罪恶感。

别看夏海说得轻快，真要做到绝不简单。画家之路本就难走，柊子竟又往上面平添了几重坎坷。

"……我真的破坏了你好多珍贵的东西。"

见柊子低垂着脑袋呢喃，夏海轻轻摇了摇头。

"其实我也有点儿后悔呢。"

她望着手边的灯饰，叹出一口白气。

"我当时太受打击了，本来应该冷静下来再和你聊一聊的。整件事背后明摆着就是有什么隐情嘛。可我好像有点儿嫉妒淡河同学呢，她跟你那么要好。"说到这里，夏海抬起头，询问柊子，"对了，还是问问你好了。你是被淡河同学威胁了吧？她说什么了？"

"她没有明说，但意思就是如果我不按她说的做，就要让我爸爸辞职。我爸在淡河集团的子公司工作……仔细一想，淡河同学也只是个初中生，不可能有权做那种事。就算她真把我爸辞退了，让他去你们家的蛋糕房工作就好了嘛，完全没什么好担心的。”

“啊哈哈……不好，我不该笑的。淡河同学做事还真绝啊。”

“嗯。不过我现在觉得，她的‘绝’跟我们也不是没有关系。”

柊子转身面向夏海，严肃地开口：“夏海，我有一件事想做，你能陪我一起吗？”

夏海见状摸一摸头上的发饰，调皮地笑了。

“说来听听。可我觉得啊，我大概正和你想着同一件事呢。”

几小时后，我们三个都累趴下了，不过灯饰好歹是全挂上了。

柊子和夏海并排站着，充满成就感地相视而笑，夏海头上还绑着柊子手工制作的发饰。看样子，她们是真的和好如初了。

我放心了，同时却又觉得不太对劲。

柊子与夏海跨越裂痕，重新成了好朋友，今后想必再也不会屈服于真鸨的恶意了。柊子因与夏海决裂而生的寻死念头，肯定也不复存在了……这么一来，我跟柊子应该能换回来了啊。我之所以想和真鸨决一胜负，归根结底还是为了这一目的。

然而，我与柊子仍处在交换状态中，毫无恢复的迹象。

回家的路上，我仰望着夜空中的冬季大三角[①]，恍惚思考着。

意识交换是不可逆的吗？

还是说，与真鸨的直接对决终归无法避免？

又或者说，还存在着我尚未察觉的恢复条件？

——第三块也是最后一块拼图，究竟是什么？

柊子、夏海和我从关门后的学校离开了。这幅景象，有人尽收眼底。

学校后门的咖啡厅里，一名女生一直坐在窗边，一见柊子她们离开，立刻拨出一个电话。

“淡河同学，那几个人回去了。果然如您所料。”

“辛苦了，我马上过去，你先在校门口等着。”

十分钟后，学校后门，淡河真鸨和两名跟班汇合了。

她们按下门铃，信口编了个“忘拿东西”的借口，走向校庭。

随意仰头望去，树上到处悬挂着彩灯，在黑夜中都能看出

---

① 即冬季天空中的三颗亮星——大犬座的天狼星、小犬座的南河三及猎户座的参宿四。——编者注

手法相当粗糙。

“所以说，凡人的思维啊……”

真鸨从口袋里掏出一把剪刀，毫不犹豫地剪断了电线。

“从头到尾都跟我想的一样，我都要傻眼了。而且，这种哄小孩的把戏，她们是真心觉得能感动我们学校的学生吗？异想天开也得有点儿分寸吧。”

三个人兵分三路，仔仔细细，将每棵树的彩灯都切断了五六处，还巧妙地调整外观，不至于立刻暴露。

不出十分钟，所有的灯饰全被破坏了。

一想到柊子放出了那样的大话，却注定要在派对上颜面扫地，真鸨得意扬扬，残酷地笑起来。

“呵呵……真遗憾。冬天的花还没盛开就凋谢了。”

* * * * * *

淡河真鸨并非从一出生就高踞在“才貌双全的大小姐”的地位之上。

小学时代，真鸨其实是那种不开窍的小孩。家中为她配备了专属家庭教师，她的学习却总是举步维艰。一直到五年级，她每次考试的排名仍然是从底下开始数比较快。

深受自卑感折磨的真鸨，最害怕的人就是父亲。

“真鸨，你看看你像什么样子。”

那天，真鸨又被叫进父亲的书房，遭到了严厉的训斥。

“这种不像话的成绩，你还想拿到什么时候？至今为止，我花了多少钱给你请家教，你知道吗？”

父亲从来不会对她大吼大叫，更不会暴力相向。他只是淡淡地陈述事实，不带一丝感情。真鸨害怕的正是这一点。

她垂下头，用细如蚊虫的声音道歉：“……非常对不起。”

父亲双臂环抱，神经质地用指尖敲击着上臂，向真鸨发问：“真鸨，脑子不中用的人最后会落得什么下场，你知道吗？”

骤然遭到提问，真鸨立刻开足了马力运转大脑。

然而，不管她怎样绞尽脑汁，就是想不出有望令父亲满意的回答。如果不小心答错了，多半会惹得父亲更加生气。一想到那种结果，真鸨愈加难以思考，自信也渐渐消失。

“……我不知道。”

她缩成一团，老实回答。

父亲听了，刻意地叹出一口气，答道：“悲惨、孤独，以及凄凉的死亡。不被任何人需要，也不为任何人所爱，被人玩弄于股掌之上，剥削，欺诈，受尽一切苦难，最终死去。这样的人，我就亲眼见过好几个。真鸨，你想过上这样凄惨的生活吗？”

听了父亲宣告的残酷真相，真鸨只觉得眼前一片漆黑。

她带着哭腔，急切地追问：“父、父亲，您不会抛弃我吧？不会讨厌我，会一直爱我吧？”

“正是因为我不想抛弃你，才特意分出宝贵的时间跟你说这些。你要是不想落得那个下场，就考虑清楚，好好努力。”

对于真鸨的问题，父亲没有肯定，也没有否定，只说了这么一句话就转过椅子，背对着她。

她明白今天的谈话到此为止了，垂下肩膀，低声道：“是……”

前所未有的不安与恐惧卷袭了真鸨的心。

孤独与死亡，原本以为与自己无缘的东西一口气逼到近前，真鸨恐慌到了极点。为了不被抛弃，必须学习才行。然而，沉重的压力笼罩着她，学习效率甚至还不如从前了。

这样下去不行。再这样下去，她真会像父亲说的一样，在孤独与绝望中结束一生的。

她焦急万分，不禁逼问起同班同学来。

“喂，喂，我们是朋友吧？你不会因为我没用就抛弃我吧？”

“咦？突然间怎么了，淡河同学……”

猛然间被问了这么一句，同学一脸困惑。

真鸨见她这副态度，愈加不安，急促地呼吸着，抓住她的肩膀。

“拜托了！不要抛弃我！我真的会努力的！只要做得到，不管什么事我都会去做的！”

见真鸨这么急切，女生悄悄扬起了嘴角，故意用抑扬顿挫的声调说：“唔——要是没什么好处，我就不太乐意了。我又不是闲着没事干。”

“怎么会……”

“不过，淡河同学，你家很有钱吧？要是能分我一点，我说不定会考虑一下哦。”

女生恐怕并非从一开始就心存恶意，只是看到同班同学急成这样，想要稍微戏弄一番而已。真鸨如果还能正常思考，肯定也能发现这不过是句玩笑话。

然而，真鸨早已深陷恐慌之中，听到这句话，犹如抓住了救命稻草。

“钱……嗯，我明白了！”

她笑容满面地回答。

第二天，真鸨交给女生一个信封。女生打开一看，惊呆了。

她警惕地环顾一圈，压低声音问真鸨：“真……真的好吗？给我这么多……”

“当然了！所以，请继续跟我做朋友！困难时来帮助我，不要丢下我一个人！”

区区金钱无须吝惜。女生愿意跟自己交朋友，对真鸨来说就是最大的慰藉了。

作为小学生，真鸨手里的钱可以说是多到吓人。可她从来不曾为物质所困，对金钱便也没有什么执着，开始大方地四处撒钱。转眼之间，她就成了班上的人气王。见同学们都很高兴，真鸨也跟着高兴起来。

再也不用害怕未来孤单一人了，真鸨像变了个人一样开朗起来。她曾经那么畏惧父亲，现在却觉得应该深深地感谢他才行。

有一天，真鸨回家时在玄关碰见了父亲。

她不再畏惧那张严肃的面孔，绽开笑脸欢迎父亲回家。

“啊，父亲，欢迎回家！您今天还真早啊！”

“对，工作早早结束了……真鸨，你买什么了？”

父亲见真鸨拎着一个塑料袋，面露讶色。

真鸨伸手进袋子，拿出里头的东西。

“我买了信封！看，很可爱吧？”

那确实是小学女生喜欢用的印着卡通角色的信封。

父亲眉头锁得更紧，又问：“拿来干什么？要寄信吗？”

真鸨要是再机灵几分，说不定能顺利蒙混过关。然而，她当时一心想把自己交上朋友的事告诉父亲，早就心痒难耐了。

现在，她一听父亲问话，满心以为机会来了，兴冲冲地说：“其实啊，我最近一直在给班上同学发朋友费哦。才做了这么一点事，大家就都跟我特别要好——”

啪。一声脆响，真鸨都没明白发生了什么。

直到她发现自己正狼狈地倒在地上，才意识到父亲竟然扇了她一耳光。

事态发展完全出乎她的意料，她连声音都发不出了。父亲却头一次露出了可怖的表情，狠狠瞪着她。

“真鸨，你在想什么？”

语气、表情，全都是那么陌生，从中丝毫感觉不到父亲的关心。

真鸨不懂父亲为什么会这样，连眨好几次眼睛。

“咦……父亲，您为什么……”

真鸨原本还盼着父亲夸她。她还以为，她凭自己的脑筋与行动交到了朋友，父亲会予以赞赏。不过，她心中某处也存着一丝无望，父亲说不定只会冷冷撂下一句“做到这种事是理所当然的”。

然而，眼下父亲瞪着她的样子，既不是佩服，也不是冷漠。

第一次，她在父亲脸上见到了——愤怒，毫无疑问。

“为什么要做这种事？我给你钱不是为了让你去犯蠢。”

父亲永远都在单方面地对她训话。现在也是，又是。一瞬间，真鸨心中有什么东西呼地点燃了。

对真鸨来说，这也是她有生以来的第一次愤怒。

“您在说什么？您对自己的员工，对我的家庭教师，不是也给了很多钱吗？！”

面对真鸨拼尽全力的反抗，父亲连眉毛都没动一下。

“不能混为一谈。我付钱，是因为他们能为我带来利益。你交出去的钱又为你带来了什么？”

“我开心啊！她们跟我玩，不断感谢我，我可开心了！大家给了我‘开心’啊！”

真鸨哭喊着闹腾。

父亲见状按住她的肩膀，直视她双眼，说道："真鸨，你清醒一点。收你钱的那群人，没有一个是拿你当朋友的。她们只是把你当作一头肥羊，在利用你而已。就是为了不让你遭遇这样的事，我才一直叮嘱你，要学习。别被一时的感情迷惑了。这样下去，你一定会后悔的。"

父亲已经很久不曾离她这么近、这么恳切地与她谈话了。

然而，激烈的感情在真鸨心中翻搅，父亲的话，她一个字也听不进去。

"您又怎么会知道呢！就算开始是为了钱，以后也可能成为真正的朋友啊！"

父亲提醒得对不对都无关紧要。期待遭到背叛，这种感觉过于强烈，真鸨只想否定父亲的一切。

意识到真鸨听不进劝，父亲长叹一声，放开了真鸨。

"既然你这样想，我就再不给你钱了。你非要犯傻，那就去从经验中学习吧，你早晚会明白我说的是对的。"

"随你的便！我最讨厌爸爸了！"

真鸨丢下这句话，逃也似的跑掉了。当天夜里，真鸨澡也没洗，一整晚都在床上抽泣。

第二天，父亲表现得很正常，仿佛一点也不在意昨天发生的事。

真鸨却不一样。她打定主意一辈子都不要跟父亲说话了，可能的话甚至想立刻离开这个家。

真鸨深信，朋友们永远都会站在她这一边。毕竟，她们不知说过多少次“困难时一定会帮你的”。现在真鸨陷入了困境，她们没理由不帮她。

这天，真鸨在班上最好的朋友过来问她了。

“淡河同学，这星期的朋友费呢？”

这还是第一次有人当面问真鸨要钱。

真鸨不禁有些愧疚，双手在面前合十，低下头。

“对、对不起。最近，我的钱有点儿不够了……可能没办法再像以前一样付钱了。”

听到她的回答，女生的表情一下变得很冷很冷。

“哦，是吗？”

那声音低而冷淡，简直让真鸨疑心认错了人。

她有点儿害怕，小心窥探着女生的表情，怯生生地问：“那个，我们，还是朋友吧？不会因为没钱了就再也不跟我做朋友吧？你说过，不会抛弃我的吧？”

真鸨问完，女生仿佛回过了神，满脸堆笑地答应：“当然啦！淡河同学，你是我最好的朋友啊！”

顿时，真鸨长长地松了一口气。虽然有点儿在意女生刚才的态度，可她觉得那不过是自己想多了，没有再往下考虑。

果然，随后的一段时间，虽然她没有发钱，同学们仍然友善地对待她。但要是她从来没有发过钱，肯定无法构筑出今天的关系。真鸨愈加相信自己的想法是正确的，同时暗自鄙夷父亲没有眼光。

没想到，从某一天起，状况急转直下。

“不好意思，我忘记带课本了，能跟我一起看吗？”

“不要，谁让你忘带的。”

“不好意思，这个地方我不太明白……”

“去问老师啊，我忙着呢。”

这些同学以前总是围在真鸨身边，现在却像商量好了一样，一夜之间对她冷淡了下来。不管真鸨表现得多礼貌，她们都爱搭不理，一脸不耐烦。

改变的原因，真鸨并非没有一点头绪。然而，她不曾经历过人世的险恶，猛一下实在难以相信。那些人一个个把“最好的朋友”公然挂在嘴上，可一旦拿不到钱，马上就翻脸不认人，背叛了她的信任。

她不想怀疑，但要继续沉浸在信任的幻觉中，同样令她恐惧。

终于有一天，真鸨将录音笔藏在课桌中，装病没去学校，想通过这种方式知道同学们在背后怎么议论自己。翌日，她收回录音笔，播放了休息时间的录音。

就算同学们嫌恶她，也未必恰好在那天、在教室里说出真心话。真鸨决定，这样的事她只做一次。播放录音时，她紧张得心脏都快蹦出胸腔了，实在没有勇气一次次重复同样的行为。

她告诉自己，如果录音笔没能录下证据，她就不再去考虑真相如何，就此打消疑心。

可是，就连真鸨的这一丝期待也被轻易地粉碎了。

“一开始还以为她是想试验我们呢，可看样子是真没戏了。”

“差不多得了吧，奖励时间结束喽。”

“亏我们还跟她做朋友呢。一个除了钱多一无是处的傻大姐，该不会真以为谁想跟她一起玩吧？”

“我说，淡河今天绝对是在装病，因为讨厌学习，在那儿摆谱呢。”

“干脆真的病死算了。她父母也很头大吧，生了这么个蠢小孩。”

“死因是什么？蠢病？”

“啊哈哈，淡河同学要哭喽。”

有那么一阵子，真鸨无法理解录音笔播出的内容。

好难受。喘不上气了。已经不想再听下去了，可她的指尖颤抖不已，无法按下停止键。在她竭力尝试的时候，嘲讽、谩骂的话语仍在不断往外流溢。

蓦地，一阵强烈的反胃感涌上。她把录音笔砸在墙上，冲向厕所。

她把胃里的东西吐了个干净，颤抖却仍然无法停止。

咚，额头猛力撞在墙上。真鸨高声号泣起来。

父亲是对的。谁也没有拿她当朋友。对那些人来说，真鸨只是一头肥羊，与街边的ATM机没有任何区别。

悄无人声的厕所隔间里，真鸨哭啊，哭啊，哭干了眼泪。

然后，她擦一擦泪水，做出了决定。

从那天起，真鸨像换了个人一样埋头在学习中。

她学习起来注意力高度集中，连睡觉、吃饭都抛到了脑后。各类知识悉数被她吸收，从前萎靡不振的成绩犹如一个谎言。到六年级第二学期开学时，她连中考的内容都已经完全掌握。可她仍不满足，为了规诫开窍太晚的自己，每日勤学不辍。

不必说，小学六年级的课程对真鸨来说无聊到了极点，有些地方她甚至懂得比老师还多。每当她看到同龄的孩子为了这点知识而犯愁，总会感到一股比优越感更加强烈的厌恶。

——这么简单的题目，为什么就是不会?

这些人成天在教室里围绕着一些无聊的话题聊得火热，简直就是一群动物园里的猴子，很难想象他们跟她同为人类。一想到自己从前也跟他们一个水平，真鸨羞耻得头都抬不起来。

现在，她根本没办法想象跟这群人构筑平等的朋友关系。

无知者有罪，怠学者为耻。人无知就会受骗，不学习就只能任人宰割，结果就是让那群市井小民尝到甜头，越发放肆地去利用旁人的善良，把便宜占尽。真鸨既已品尝过那份屈辱，就有了义务。她有义务去启蒙优秀的人才，把劣等人彻底回炉重造。

毕业后，她升入了云雀岛女子中学。这里的学生个个温柔和气，举止稳重。可在真鸨眼里，这些都不过是天真、软弱的表现。她们根本就不知道，不知道外面那些堆满笑脸、鼓动巧舌，利用完别人就踢到一边的渣滓们的存在。她们对那些虎视眈眈的视线一无所知，天真烂漫地过着每一天。每次见到她们，真鸨就像见到了从前的自己。说不清道不明的焦躁炙烤着她。

——不能让自己品尝过的悲剧再落在她们头上。

一股使命感在真鸨心中油然而生——必须由自己去正确地引导同学们。放眼全校，哪怕三年级也没有一个学生比她更优秀。这一事实更在她带有强迫意味的正义感上点了一把火。

她制订规则，只允许成绩优秀的学生担任学生会干部和各班班长。每逢例会，她都会教诲众人一番。密闭空间中，首席学生的演讲轻而易举地俘虏了纯真的少女们。在她们还沉浸在震惊与钦佩中时，真鸨定下的规则一条条地通过、实施。启蒙计划进行得无比顺利，真鸨陶醉在了自己无所不能的快感中。

她习惯了受人膜拜，因此那件事发生时，她才格外恼火。区区一个蛋糕房出身的学生，根本没有值得一提的才能，竟敢沉醉在名为“朋友”的幻觉中反抗她，可以说是不知天高地厚到了极点。

必须让这人长点记性才行。必须告诉她，所谓的“朋友”是怎样毫无意义的存在，而真鸭的想法又是多么正确，多么具有价值。

“户张同学，我对这所学校其实不太满意。”

真鸭知道，班上的户张柊子是隔壁班雾岛夏海最好的朋友。

她以前几乎没跟柊子说过话，现在却一脸郑重地说：“这话不能公开说，不过，学校里能跟我平等交流的学生实在太少了……可我看你的优秀是货真价实的。我想，你一定能成为我真正的朋友。”

柊子由衷地笑了，丝毫没有怀疑真鸭的笑容背后或许另有目的。

“谢谢！能让你这样想，我很高兴。”

事态发展完全如真鸭所料，她都感到有点儿滑稽了，残酷的微笑不禁浮上她嘴角。

随后，真鸭巧妙地编织言语，与柊子玩起了朋友游戏。她打听出柊子的父亲就在淡河集团的子公司工作，还了解到了柊子与夏海结识的故事。

用得上，那一瞬，真鸭心想。她对柊子说“我也想看看《冬天盛开的花》”，随柊子去小学看过画后，记住了画的位置，接着又假冒作者赤月缘的亲戚，将画作弄到了手。

到了这个阶段，再不必陪柊子过家家了。

“户张同学，没必要有罪恶感哦。雾岛同学对我那么过分，你不会忘记了吧？我跟雾岛同学，谁做你的朋友对你更有利，你稍微思考一下马上就明白了。”

“可我实在是做不出那种……”

“我也是为了你好。那种无能的学生，根本不配与你来往。不过……如果你非要站在雾岛同学那边，我与你的朋友关系就结束了。这样一来，你在子公司工作的父亲会怎么样，我就不知道了哦。”

真鸨没有给柊子留下任何选择的余地。结果，柊子服从她的指示背叛了夏海。夏海面露绝望，跪在了地上。

恍惚的夏海，啜泣的柊子……这一幕映入真鸨眼中，她陶醉不已。

背德的快感充盈她心间。

——等等。

连涌上心头的疑问都被她无情地一把捏碎。

——我，到底是为了什么才做这些事来着？

* * * * * *

举办派对的日子一转眼就到了。

下午四点，学生们穿着制服聚集到了四楼宽敞的多功能教室，里面整齐摆放着我们准备的饮料和食物。

果汁跟饼干是最基本的，沙拉、三明治、寿司、鸡肉、蛋糕等等也一应俱全。费用基本都是从参加费里出的，不够就由我自费补足。

我注意到，不少学生的眼睛都亮晶晶的。摆出来的虽然只是超市买的熟食跟点心，可在熟悉的学校教室里跟同学们一起品尝，另有一种特别的感觉，跟普通的派对大不相同。

就在我环视派对现场时，一个学生向我搭话。

“户张同学，那个人是谁？”

她问的是站在我旁边的柊子。

不用说，柊子现在是赤月缘的外貌。学生们关起门举办的派对上出现了一个不认识的大人，引起注意也是必然的。

我回头与柊子交换一个眼神，尽量自然地答道：“啊，她是我……是我的表姐，名叫赤月缘，今天是来帮我准备派对的。”

“这样啊。您好，今天就请您多……啊。”

她突然闭嘴的理由再明显不过。

淡河真鸨正从一旁走向我。周围的学生显然都非常在意真鸨，正和我说话的女生也一溜烟儿地逃走了。

我无视学生间的默契，轻快地向真鸨打招呼。

“啊，淡河同学，你玩得开心吗？”

“一点也不。”

与我相反，真鸨的回答极其冷淡，而且音量不低，简直像是故意要让其他人听到。

她将长发拨到身后，轻蔑地一瞥桌上摆出的饮料。

“毕竟，我在家能享受到比这儿高级得多的东西。你满嘴高尚的理想，我还以为有什么手腕，结果就只是让我看清了你我之间层次的差异。”

她挖苦个没完，却恰好证明了她在逐渐失去从容。说这些话很可能招致无谓的反感，对她来说只有风险，没有好处。

真鸨轻轻一挥手，挑衅地说：“比起这种寒酸的晚餐，我倒是对‘冬天盛开的花’更感兴趣。事到如今，你该不会说那只是你在哗众取宠、信口开河吧？”

柊子和夏海紧张地看着我。

我故意反应夸张，用玩笑回应真鸨：“真是的，淡河同学，你真的很爱操心啊。不用担心，时间一到，该开的花全都会开的，不骗你。”

“户张同学，你真的知道自己在说什么吗？”

真鸨似乎因为我轻浮的态度而焦躁起来，重重一跺脚。

附近几名学生察觉气氛不妙，纷纷望向这边。

“你真以为我什么都没有察觉？人只要不择手段，的确什么事都做得到。但是，就算你做到了又能怎么样？每个人的时间、精力都有限，理应花费在有益的提升上。什么‘冬天盛开的花’，就算你成功了，不也没有任何意义吗？”

柊子与夏海大气都不敢喘一口，紧盯着我。真鸨的这一番话，基本就是在公开与我为敌了。

不过，我身在其中，内心却没有任何恐惧。在我听来，真鸮的话语间回荡着一股寂寥的余音。

“淡河同学，你这种情况多久了？”

听了我简短的疑问，真鸮讶异地皱起了眉头。

“……你在说什么？”

我直视真鸮的眼睛。

在她双眼中，我看到了从前作为社会人士曾无数次见识过的东西——稀薄、绵延的绝望之影。

“意义啊，有益啊，理应怎样怎样啊……每次你一说话全是这些东西，完全看不到你‘想做的事情’。淡河同学，你有什么想做的事吗？你喜欢什么？擅长什么？以后想成为怎样的大人呢？”

“别转移话题，现在是我在向你提问。”

真鸮眉头紧皱，我反而露出笑脸，挥挥手。

“那你以后再告诉我吧，我会高兴地听着的。至于‘冬天盛开的花’的意义，你看过之后一定也会明白的。”

我没有正面回答真鸮的问题，转而去欢迎其他学生了。

擦肩而过时，真鸮用只有我能听到的声音低声道：“那也得看得到才行，户张同学。”

派对顺利进行着，学生间的气氛还不错。由于真鸮在场，场上多少有些隔阂与不自在，但我接下来就要对这一点下手了。

我一扫时钟和窗外。现在是下午四点半。十二月白昼比较短，外头天色已经很暗了。

我深吸一口气，宣布：“久等啦！大家翘首期待的重头戏——‘冬天盛开的花’即将拉开帷幕！各位淑女，请随我来！”

我走在前面，带领学生们来到校舍入口处。

周围显得一片昏暗，因为入口大门的玻璃上事先贴了黑色的纸。我不用回头就知道，身后学生们的期待感正越来越高涨。

我与夏海一同握住门把手，煞有介事地说：“各位，你们恐怕是这么想的吧？‘花朵才不会在冬天开放，你这人胡说什么呢？’但是，不管什么事情，只要着手去做就有希望。为了证明这一点，今天，我们在学校里施了有效期一天的魔法！”

即使在一片黑暗中，我也清楚地看到了大家眼中期待的光。

于是，我高举拳头，精神抖擞地喊：“来吧，距离我的魔法生效只剩几秒钟了！各位，请和我一起倒数！”

倒数从十开始。数前几个数字时，大家都还有些不知所措。

但是，夏海开始数了，又有几个人跟上了。很快，嘹亮的倒数声响彻了校园。

——四！

——三！

这一瞬，我看到淡河真鸨勾起了嘴角。

已经叠成声浪的倒数却已经不可阻挡。

——二！

——一！

——零！

倒数结束，我与夏海一齐推开大门。

寒气扑面，夜色如水，我们两个雀跃地跳进其中。其他学生满怀期待地跟在我们身后。

然而，少女们期待的表情……不出几秒就转成了诧异和错愕。

映入我们眼帘的，仅仅是太阳落山后淡墨色的校庭风景。传入我们耳朵的，是一片刺痛耳膜的寂静。

整整十秒钟，什么事也没有发生。这时，淡河真鸨开口了。

“那么，那个冬什么花的，究竟在哪里呢？”

我跟夏海一语不发，只是一动不动地站在离学生们稍远的地方。

终于，有人等得不耐烦了，嚷嚷起来。

“根本就没有花嘛！撒谎精！”

“我说，你们两个夸下天大海口，该不会是在骗我们吧？”

是真鸨那两个跟班的声音。台词恐怕也是跟真鸨事先商量好的。

这话一出来，场上顿时像捅了马蜂窝一样喧嚷起来。

“搞什么嘛，根本就是把我们当傻子耍。”

“也是，冬天怎么会有花呢……”

“好冷啊，能回去了吗？”

“唉，早知道我就不来了。”

在此起彼伏的埋怨声中，真鸨满意地大笑起来。

“呵呵……啊哈哈！”

她健步来到我面前，面向众人说：“各位，这下你们都明白这两个人做事有多离谱了吧？她们用离奇的谎言吸引你们的关注，沉浸在众星捧月的愉悦之中……真是可悲又可怜。没本事的人一旦逾越界线，就是会变得这么鄙俗。”

尽情发泄一番后，真鸨拍拍手，宣布：“好了，狼来了的闹剧就演到这里。从今以后，谁也不要再听户张同学和雾岛同学的——”

——嗖。

蓦地，空气撕裂的声音盖过了真鸨的发言。

真鸨不由得抬头，竟发现全体学生都在凝视着自己。不对，准确地说，她们的视线正越过她的头，直直盯向她后方。

真鸨立刻转身，循声眺望。

冬季里漆黑、寒冷的天空中，一道白光直冲云霄。然后——

一大轮金色花朵，在夜空中傲然盛放。

嘭。

震慑人心的巨响落后光芒一拍，惊醒了学生们。

“烟花？！”

“大冬天的，居然？”

不等她们惊诧，高亢的锐响接连不断，烟花一朵又一朵地冲上了天空。橙色、桃色、水蓝色、黄绿色……大小不一的火焰之花为黑夜抹上了色彩。

真鸨几乎不敢相信自己的眼睛。

我则一脸得意，问道：“怎么样？你盼望已久的花开喽。”

租借灯饰的同时，我还通过公司的门路准备了烟花。时间紧张，现在又不是放烟花的季节，要按时准备好真得掉一层皮。好在我从前策划过需要放烟花的活动，知道必须向辖区的消防局提交《烟花使用许可申请书》，而且对文件的内容和格式也有所了解。寻找放烟花的地点，准备一系列文件……诸多杂务我一手全包，终于险之又险地赶上了时间。

至于彩灯装饰，其实只是一个烟幕弹，为了把真鸨的注意力从烟花上引开而已。我故意选了星期五去挂灯饰，而不是派对前一天的星期六，正是因为我早就料到真鸨会去破坏灯饰。实际上，我基本是在暗中诱导她这么做。

人一旦对某件事坚信不疑，哪怕那是错的，也会越陷越深，无法自拔。不过，当真鸨意识到自己失手，被看不起的人反将了一军时，她扭曲的自尊心或许就会出现裂缝。最起码，我是这样期待着的。

事情能顺利进行到哪一步，我无法预料。可看样子，至少反将一军是成功了。

“户张同学，你！”

真鸨立刻就要来找我理论。

就在这时，学校内外的照明全部熄灭了。四周彻底陷入黑暗，只有烟花与星光时明时灭。

事发突然，学生们一下子有些慌了。

“又怎么了？”

犹如回应这句话一般，崭新的光芒照亮了校庭。

那是——林立庭中的树木绽放出的光之花。

辉煌的灯饰光芒流溢，像是要将我们环拥在它温柔的臂膀中。在它之外，一切的光亮都归于沉寂。在沉寂与黑暗的映衬下，满庭火树银花美得令人忘记了呼吸。

学生们欢呼起来，吐出腾腾白气。只有真鸨愕然呆立着，一动也动不了。

“怎么……怎么会这样，不可能的，灯饰明明就被……”

“果然是你破坏的啊，淡河同学。”

接下真鸨梦呓般疑问的，是夏海。

光之花树盛绽，吸引了每一个人的目光，真鸨却循声回头瞪着夏海。夏海毫无惧色，用充满谴责的目光瞪回去。

“昨天，我跟柊子钻进学校，把你切断的电线用铜丝又接好了。我们就知道，你肯定会使些手段让我们出丑。”

真鸨嘴角一颤，似乎想说什么，可最终，她强行从夏海身上移开眼，凝望着眼前的灯海。

我听见了夏海与真鸨的对话，愕然转向柊子。

“……吓我一跳，你们竟然做了这样的事。”

悬挂灯饰的时候，我把放烟花的事告诉了她们俩，但没提真鸨可能会来搞破坏。我想，真鸨看到我们三个全力以赴地准备彩灯大会，多半会相信这就是我们全部的计划。

柊子挠挠脸颊，害羞地说：“嗯，这是我跟夏海和好的见证。总不能事事都倚赖您吧，那也太逊了。”

我看着她高兴的模样，不禁展颜。

这片灯海，毫无疑问，是柊子出于自身的意志，凭借自身的实力点亮的。

“太好了！这下我就完全放心了，柊子！”

结果好得超出了我的预期，我连声音都欣快起来。

然而，柊子的表情虽然充满了成就感，却又隐约能窥见一丝畏怯。

“嗯……不过，我还是觉得我不该跟您换回去。”

“……咦？”

我被打了个措手不及。都走到这里了，柊子不可能还想寻死啊！

柊子垂目盯着脚边，吞吞吐吐地说：“我已经没有什么主动寻死的想法了。可是，说来说去，要是没有您，我还是什么都做不到。多亏了您在中间搭桥牵线，我才能跟夏海和好。烟花就不用说了，就连这片冬天盛开的光之花也……要不是有您在，我花上一辈子也做不到的。”

她瞥了瞥冲上夜空的烟花，握紧了拳头。

“我没有自信。我不信我能活得比你更精彩。”

恐怕对柊子来说，这场“冬天盛开的花”美好得超出了预期。讽刺的是，正是这个“超出预期”夺走了柊子的自信。

同时，我也终于找到了——要让意识交换恢复原状的最后一块拼图。

“……柊子，过来。”

我打手势示意柊子弯腰。

她大概是以为我要说悄悄话，听话地照办。没想到，四目平齐的一瞬间。

“嘿！”

“啊痛！”

我一记手刀敲在柊子头顶。

我当然不是真的在揍她，可猝不及防之下，柊子还是被吓了一跳。

她两手抱住脑袋抗议道：“您干什么呀？”

“抱歉，趁手的位置刚好有颗头在那儿。”

“不是您让我弯腰的吗？！”

泪汪汪抗议的柊子实在是太过滑稽，我忍不住笑出了声。

果然，别看她外表是大人，里头装着的其实还是个初中生。

“我说啊，我的人生只有我才能过好。想要活得比我更精彩？别说是你了，任谁来也做不到呀。”

反过来也一样。我不可能比柊子活得更精彩，也没有那个打算。

我换上认真的表情，定睛看着柊子。

“抢走小孩子的身体享受第二人生，这是反派才会做的事。柊子，你想害我成为坏人吗？”

“咦？不是，我不是想……”

柊子被我的气势压倒，一时说不出话来。

我双手交握在身后，呼出白气，说：“柊子，我一直跟你说，我的人生无怨无悔，明天死了也没关系。不过，其实不完全是这样。我还剩下一件事没做完。”

我只顾着关注柊子、夏海和真鸨，差点儿都忘记了。

意识交换的当事人——我自己的心愿。

现在，我就要把这件事传达给眼前的珍视之人。

“我呢，在死去之前，想把我的心愿托付给一个人。”

我还是第一次把这件事说出口，一时间心情十分奇妙。

仿佛褪去了一切防备，既脆弱，又害羞。不过，并不让我难受。

说话间，一轮壮丽的烟花在夜幕下盛开，照亮了柊子充满稚气的脸庞。

“您的心愿？”

“就是个很平凡的愿望。不过，对我这么个不可能结婚生子的人来说，是一件很特别的事。”

我挠挠头，害羞地笑了。这么一本正经地说话，果然跟我个性不符。

即便如此，我也必须说出来。

“在这个世界上净是些糟糕的事。不过，我们大人就是你们小孩子未来的模样。如果我们成天拉着个脸，抱怨个没完，会带得你们都消沉起来的。这样的大人，既无法成为孩子们的后盾，也不可能让你们对生活燃起希望。孩子们的未来还很长，我想成为那种让你们觉得人生充满乐趣的大人……这就是我的心愿。”

生活中每天都在上演不幸，大多数人都认为这些事与自己无关。可我觉得，不是的。一个微小的举动就可能让某个人希望破灭，随口一句温柔的话语就可能成为某个人的救赎。正是这一点一滴的小事累积起来，才塑造了每一个人的人生。

在这个世界上，每个人与每个人都有关，每个人都是当事者。

——我为了你这么努力，你怎么就是不懂呢？

曾经对柊子叫嚷的话语浮上了我的脑海。

“柊子，有一件事我必须向你道歉。我曾经居高临下地对你说什么‘为了你这么努力’，把我的想法强加给你，简直跟我讨厌的那些大人还有淡河同学没什么两样……所以，我今天不是作为一个大人，而是作为与你平等的友人赤月缘，希望你能听听我的心愿。”

我按住柊子双肩，直视她的眼睛，向她的心灵最深处倾诉。

“我希望你能继承我的心愿，再在未来某一天将它托付给你珍视的人。可能有点儿沉重，但只要你能偶尔回想起来一下，我就非常高兴了。”

这句话等同于我向柊子的告白，告诉她，她是我珍视的人。

朝着她绚烂的未来，我送上发自心底的声援与祈祷。

听了我的话，柊子一时陷入了茫然。

一片雪白的结晶翩然飘落到我们之间。

纯白的雪，光辉的花，在我们的瞳仁中彼此映照。下一瞬，泪珠滑下了柊子的脸颊。

“我……我真的可以成为这个人吗？”她用手背擦擦眼角，哽咽着问。

我轻柔地将她抱进怀里。

她在颤抖。那副身躯明明比我大得多，现在却显得这么娇小。

“嗯，我就希望是你。这片灯海真的让我大吃一惊。你不再是一味受人照顾的小孩子了。你成长了这么多，现在已经是比我出色得多的希望传递者了。”

我原本没打算哭的，可不知不觉间视野就变得模糊。紧接着，我明白了其中的理由。

觉得柊子变小了并非我的错觉。回过神时，我发现自己正从高处俯视着一张早就看惯了的脸。

几个星期以来，我无数次在镜中看到的户张柊子的脸，正在仰望我。

——啊啊……原来如此。

明亮的光点闪烁在柊子眼中，一定不仅仅是花在冬天盛开的缘故。

——没关系，这不是结束。现在才正要开始呢。

我与柊子的意识交换，恢复了。反应过来的一瞬间，泪水涌出了我的眼眶。这是我第二次在初中生面前哭泣，此刻的心情却与第一次截然相反。

我回抱住柊子娇小的身躯，轻声道：“你的不安、担忧再正常不过了，跌跌撞撞才是生活的常态。人生啊，谁都是第一次来。”

“谢谢您……缘小姐！”

光之花盛开，光影缭乱。茂盛的花树下，我拥抱着柊子，温柔地轻拍她的后背。

柊子埋头在我胸前。她的泪水，是这么的温暖。

光芒的花朵映照夜空。淡河真鸨一时失神，却又很快恢复了清醒。

她叉着腰仰望烟花，不耐烦地拂去飘落的雪花。

“哼！这种花钱骗小孩的把戏，一点意义也没有。”

她故意大声地贬低，旋即用浮夸的举止征求学生们的同意。

“喂，大家也都是这么想的吧！特意把我们带到雪地里，摆出天大的阵势，结果就是这点无聊的把戏——”

然而，她的话没有一个人在听。

空中的烟花，地上的灯火，每个人都出神地眺望着。她们的神情，与真鸨期望的傻眼、失望差了十万八千里。

“好棒啊！我还是第一次见到雪中的烟花呢！”

“是因为冬天空气更透明吗？比夏天的烟花漂亮多了。”

“学校里的彩灯啊……跟车站的味道不一样呢。”

“简直像闯进了游戏跟电影的世界。我又有新的灵感了。”

学生们像是终于回到了她们真正的年龄，交流着天真无邪的感想。天色很暗，大家便也不拘身边是谁，随意闲谈，从前的争吵、冲突再不见一丝影子。

对这一切，真鸨只能在外圈愕然眺望。

“怎么回事？烟花不是每年夏天都能看到吗……”

正咬牙切齿时，她发现身边不见了两名跟班。

她环顾四周，竟看到那两个人也凝望着光之花树，眼眸闪闪发光。

“我说，你们两个！那有什么好看的啊？！”真鸨立刻出声呵斥。

两个女生不知怎的，双眼微湿。

“可是……我也不明白是怎么回事，但就是很感动……”

“我还是第一次看见这样的景色呢。平时的学校显得好不真实。”

“少开玩笑了！就这？我只要有心，绝对能做出比这个厉害得多的东西！”

真鸨提高嗓门，气得直跺脚。这时，有人跟她说话了。

“淡河同学，你说得没错。以你的能力，多半能创造出更加漂亮的景色。”

说话的是户张柊子。雾岛夏海就站在她身边。

强烈的意志沉淀在柊子双眸中。她凝视真鸨，开口道：“不过，这片景色的意义，就在于我们才是创造它的人。这片冬天盛开的花，不仅仅只是漂亮，不仅仅只是花钱买来的结果。它蕴含着我和夏海从过去到未来，所有的牵系与誓约。”

白色的吐息随柊子的话语而涌动，她的身体却不见一丝战栗。强烈的意志在她体内生根发芽，令她不惧雪天的寒冷，也战胜了对真鸨的恐惧。

真鸨眉头紧锁，却仍立在柊子跟前，一步不动。现在离开就等于认输了，只有这一件事，她的自尊心绝不会容许。

烟花不断升空，发出尖锐的鸣响，可柊子的嗓音仍然清晰可闻。

“的确，我曾经屈服在了你的恶意之下。但我绝对不会再放弃与夏海的友谊了。我对这一片曾遭你嘲弄、被你践踏的冬花发誓。”

“……我不说话，你还真喋喋不休了。还请你不要太得意忘形了，户张同学。”

真鸨窝火地将长发拨到身后，气势凌人。

她的确被反将了一军，但并不代表她就失去了从容。

“只有这点伎俩，就别以胜利者的姿态自居了，无聊透顶。什么‘冬天盛开的花’，不过就是寒酸的彩灯跟反季节的烟花罢了，净耍些三流的小聪明。”

真鸨的语气冷若冰霜，明显她仍对柊子与夏海充满了蔑视。

接下真鸨这番话的，是夏海。

“没错，这不是真正的花。就像你说的，说白了就是在玩弄文字游戏……不过，这片冬花背后的意义，你应该是最清楚的吧？”

夏海毫不退缩。真鸨见状气势不由稍减，定睛凝视，只见夏海神情凝肃，不见一丝玩笑的痕迹。

“你在说什么……”

“我想……如果是其他学校，大家是不会感动到这个地步的。不过，淡河同学，你不是说过吗？‘跟和自己相称的人来往是为了你们好。’为了这个目的，你成为学生会会长，制订了许多校规来控制我们。可你看到了吧？其实，跟成绩、立场都没有关系，大家只是希望像现在这样快活地说笑而已。”

真鸨咬住了嘴唇，表情极其难看。其实她也隐约有所察觉，因此才一个劲儿地想将这场活动贬低为一场闹剧，草草收场。可惜，太迟了。

一度处在真鸨支配下的学生们，违背她的意愿，与柊子和夏海生出了共鸣。不是遭到了威胁，也没有计算过得失，大家只不过就是不再认同她的主张了，仅此而已。

这只意味着一件事——淡河真鸨，输了。

“你自我膨胀，想要控制全校学生，结果呢？我们用你嘴里‘骗小孩的冬花’感动了这么多人！这是板上钉钉的事实！看到这个结果，还有谁会认为你做得没错？你所做的一切，真的能给大家带去希望吗？回答我啊，淡河同学！”

“吵死了！算了，劣等人就去手拉着手转圈圈吧！烟花也好，彩灯也好，随你们的便！我反正跟你们不一样，既不需要无能的朋友，也用不着亮晶晶的景色！”

真鸨喘着气，打算离开了。任谁都能一眼看出，这个地方已经没有她的容身之处了。

令她停下脚步的，是柊子平静温柔的声音。

“淡河同学，谢谢你。”

别说真鸨，就连夏海跟缘都怀疑自己听错了。

真鸨用见鬼一样的眼神盯着柊子。

“……哈？”

柊子的神情不含一丝挑衅，打从心底里透出对真鸨的感谢之意。

雪花怡然飘舞，柊子柔和地微笑着。这一瞬，真鸨第一次对这名少女生出了惧意。

“你运用学生会会长的权限取得了校庭的使用许可，还邀请大家一起来参加派对。要不是你，活动绝对无法举办得这么成功。能让大家聚在一起，悠闲地欣赏冬天盛开的花，我高兴极了。多亏了你啊，淡河同学。”

“咦，不是……我，这个……”

大出所料的一席话令真鸨不知所措。她做的桩桩件件，全是为了让柊子和夏海出丑。这一点，她们两个应该再清楚不过才对。

真鸨哑口无言，柊子却面无惧色地走上前。

“淡河同学，你嘴上说‘不需要朋友’，可你之前对我说过‘想要能够平等交流的友人’，那其实是你的真心话吧？”

“别……别胡说！”

与柊子不同，真鸨犹如畏惧她一样后退了半步，威吓地紧皱眉头。柊子却笔直地朝她伸出手，说道："现在开始也不晚，我仍然可以成为与你平等的友人。"

伸向自己的手。真鸨仿佛无法理解这背后的含义，呆呆立着。

于是柊子就等。冰冷的雪片飘向她毫无防护的手，却未能让那只手退缩半分。手掌率直地伸向前，等待真鸨的回答。

终于，真鸨慢慢举起自己的右手，探向柊子——

用手背将柊子的手轻轻打到了一边。

"……说什么胡话。交朋友有什么好处吗？"

她抛下这句话，再次转身背对柊子，一个人踏上了空无一人、黑暗寒冷的归途。

柊子微笑不改，望着那道寂寥的背影道："没有好处也能成为朋友。所谓'朋友'，就是这么一回事吧？！"

"——！"

柊子注意到了。脚步停滞的一霎，真鸨的肩膀在微微颤抖。

然而，她没有多说一句话，就这样离开了校庭。

我全程旁观了两人的对话，此刻终于把手放到柊子的肩膀，称赞她的勇气。

"呵呵，做得好。"

柊子脸红了，又朝我深深低下头。

"缘小姐，十分感谢您。我想，我已经没事了。"

“我也要回到这所学校重新努力了！有了柊子和我一起，这次绝对能成功的！”柊子身旁的夏海呼出腾腾白气，欢声说道。

我们打了一场最漂亮的胜仗，开辟了全新的道路。柊子与夏海精神上的成长远远超出了我的期待，我总觉得连她们的神情都愈发坚毅了。

我不由得伸手，轻轻抚摸她们的脸颊。

“你们两个都变强了啊……真的是，成了比我还要出色的……”

是因为终于能松一口气了吗？我的脚突然有点儿打架。

我想站定，双腿却使不上劲。甚至来不及调整姿势保护自己，我就重重摔在了冰冷的校庭上。

土地早已冻结，最先触地的头和肩膀传来一阵剧痛。我马上想爬起来，意识却蒙蒙的，连说话的舌头都不听使唤。

我倒在地上。雪花纷飞，无情地覆盖我的脸。

“缘小姐！”

柊子立刻跪下来，不断轻拍我的肩膀。然而，我连说一句“我没事”的力气都没有，只能随着她的拍击无力地摇晃。

很快，其他学生也察觉了异状。夏海一见大事不妙，立刻向其他人发出指示。

“快叫救护车！教职工办公室有AED[①]，赶紧拿来！柊子，我要做心肺复苏，你来帮我！”

说话间，夏海将我翻过来仰面朝天。

她正要着手做心肺复苏术，忽然发现柊子样子不对，不由停手。

“柊子？柊子，你振作点！”

柊子抱着脑袋瘫软在地，脸色苍白，目光恍惚失焦，怔怔凝视着我。

“是……是我的错，都是因为我之前没有吃药……”

其实，我虽然正倒在地上无法动弹，心却是安定的。

想做的事，想传递的心愿，全部都了结了，而且一切都导向了我最盼望的结果。

这下子，我就真的没有任何遗憾了。

——太好了……险之又险地，赶上了……

银白色的世界逐渐沉入黑暗。我满足地一笑，任由意识远去。

---

① 自动体外除颤器，用于抢救心脏骤停患者的医疗设备。——编者注

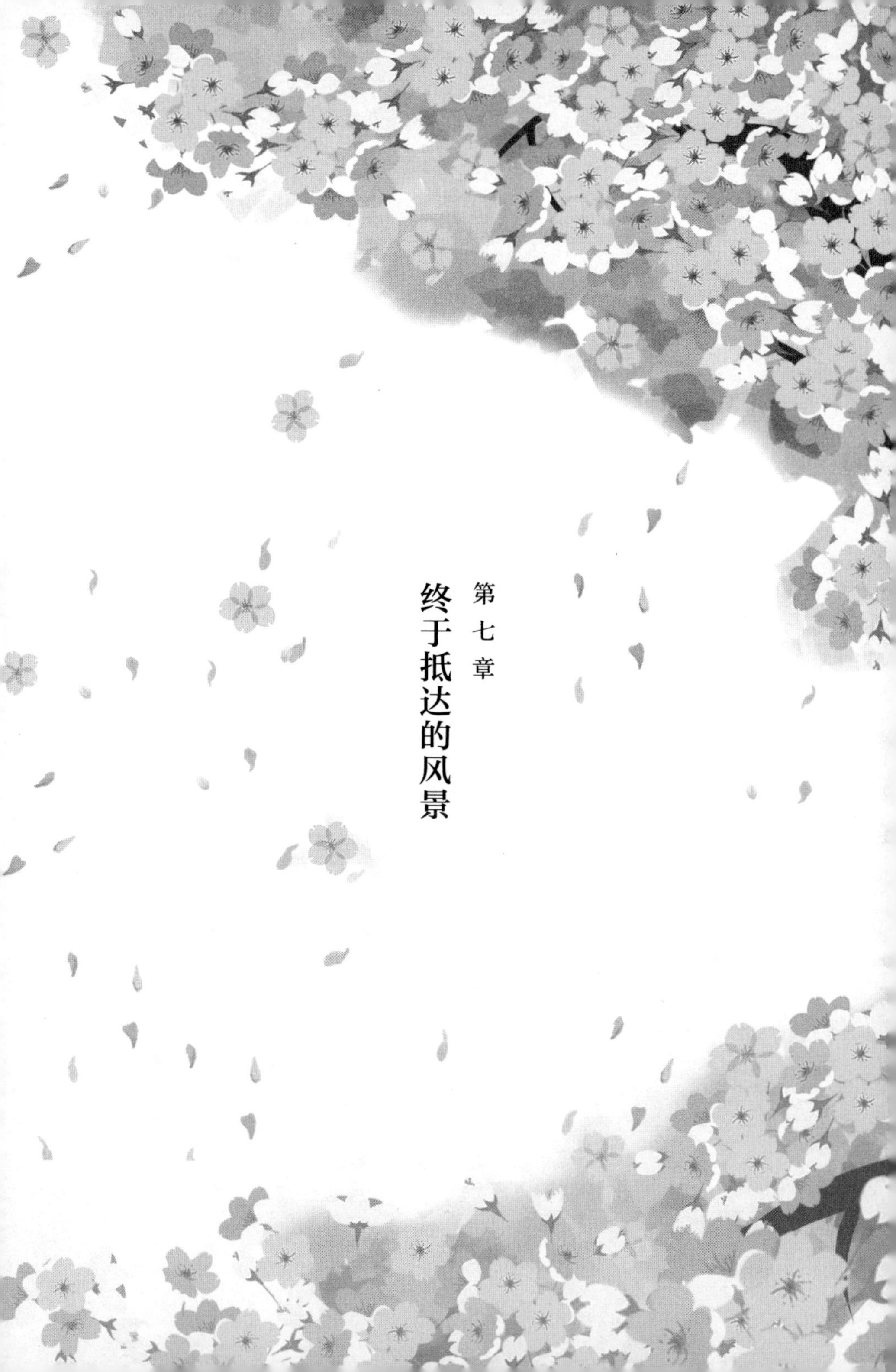

第七章 终于抵达的风景

第七章　终于抵达的风景

死后的世界意外地很没劲。

一成不变的黑暗中，无法分辨白天与黑夜、地面与天空，连自己是梦是醒都辨不分明，只朦朦胧胧感觉自己正漂浮着，像是困在了没有洋流、没有出口的大海深处。

忽地，黑暗深处传来某种声响。

我已经很久不曾听到任何响动了。仔细听去，那来来回回的声音竟像是人在说话。看来总算有人想起了我，打算带我上天堂了。就算是地狱也好啊，虽然有点儿扫兴，但总不会比这里更无聊。

我朝着声音来处前进，分不清自己是在跑还是在游。

前进，再前进。渐渐地，一道微弱的光射了进来，出口恐怕就在那里。呼唤我的声音似乎也是从那边传来的。

回过神时，我已经在坚实的地面上奔跑了。我指挥着很久不曾听从我命令的身体，朝着光射来的方向大步飞奔。

手向前伸，触碰到了光芒。一瞬间，大片纯白色涌进我的世界——

“缘小姐！”

我醒了。

这里既不是天堂也不是地狱。俯视我的天花板一片纯白，空气中隐约飘浮着消毒水的气味。就连我躺着的这张床也是纯白色的。

这是一间我早已看惯的病房。

死人不需要进医院。换言之，我运气爆棚，竟然还活在世上。

——我还真是只打不死的小强啊！

我不由得苦笑，微微偏过头。两张熟悉的面孔映入眼帘。

“好耶，缘小姐醒来了！”

“啊，还不能起来哦！”

正是我在黑暗中听到的两道声音。

户张柊子与雾岛夏海。两人的容貌比我记忆中的成熟了一些，身上的制服也跟我见惯的不一样。

“……柊子，还有夏海。”

我似乎昏睡了很久，话都说不利索了。

脑袋一跳一跳地抽痛。我强打精神，询问这两个人：“今天是哪天？你们怎么会在……”

“缘小姐，您昏迷了整整三年啊！大家都担心你会不会再也醒不过来了！”

“我去叫护士！还有医生！”

看着夏海急匆匆地跑出门，我一阵感慨，喃喃道：“这样啊……你们都成高中生了……关系还是这么好……”

我胸口一热，眼泪滑了下来。

三年时间就这么离我而去，可我一点也不觉得惋惜。能看到两个女孩子成长后的模样，我感到无比幸福。

可她们怎么会在我的病床边呢，难道这只是一个梦？就算真的是梦，神明竟允许我在如此美好的梦境中离去，我得深深地感谢他才行。

对于死亡，我毫无恐惧。我的心愿，已经切实地传递给柊子与夏海了。

只要能确认这件事，我就别无所求了。

“太好了，真的……能看到我最喜欢的两个姑娘高高兴兴的……这下子，我真的没有任何遗憾了……”

柊子正握着我的手。我提起最后一口气对她说罢，就要闭上眼睛，接受睡魔的邀请沉入永眠——

“不行！！！”

“唔呃……”

一股神秘的冲击袭来，把我的睡意打到了九霄云外。

定睛一看，柊子正拼尽了全力使劲摇晃我。

“不行，缘小姐！振作点！快醒过来！”

“唔呃呃呃呃……”

“柊子，你冷静一点！缘小姐要被你摇死了！”

夏海刚带着护士进门就看到这一幕，赶紧拖走柊子，对我说道：“你可还不能死啊，缘小姐！我们还有个东西要给你看呢！”

“咦……死不死是我说了算的吗？”

世界上到底有多少人是这样被人凭气势强留在人间的？

我思考着这种不着调的事，越想越困惑。

“请看，缘小姐！”

“我们做到了！真正的‘冬天盛开的花’！”

柊子和夏海一把拉开窗帘。我不禁抬头，一片耀眼的色彩扑进眼帘。纯白与粉色相映，鲜明无比，令人目眩。我连眨好几次眼睛，渐渐地能够辨清细节了。

连言语都为之失色。我明白自己看到什么了。

正如两名少女所说——那是在漫天飞雪中盛开的染井吉野。

病房所在的楼层恰到好处，我宛如闯进了一片樱花浓云。雪与樱交相辉映，美得不似人间。

不是烟花，也不是灯饰。真真正正的“冬天盛开的花”，就在我的眼前。

难以成声的惊叹漏出我的喉咙。

“咦——咦——？”

那片风景，犹如将我从前的画作原样贴到了窗前。可窗外的花朵是这么精致，汇聚而成的花海是这么气势逼人，根本不是一幅画可以比拟的。

凝望着眼前的美景，我不禁心想，如果天堂真的存在，多半就是这副模样。

“怎么会……为什么……之前明明是棵枯树……CG[①]？做梦？人造花？整人节目？啊，该不会我已经死了吧？”

我彻底混乱了，震惊到快要晕过去。

柊子与夏海见状一齐说道：

“才不是呢！这是真真正正，冬天盛开的花！”

“为了让你看到这幅景色，我们可努力了！”

* * * * * *

当年，赤月缘在校庭中晕倒后，立刻被救护车送进医院，幸运地保住了性命。

然而，柊子与夏海没能高兴太久。缘的家人告诉她们，缘陷入了昏睡，说不定再也醒不过来了。

① Computer Graphics的英文缩写，意思是通过计算机软件所绘制的图形。——编者注

两个人都伤心极了。虽然早就知道离别总会到来，可它竟来得这么快，这么突然，她们实在难以消化。尤其是柊子，她曾经拒绝服药，现在不禁感到责任全在自己身上。

先振作起来的是夏海。

“柊子，这样下去不行。”

放学后，夏海在教室中找到柊子，抓住她的肩膀。

拂之不去的哀切萦绕在夏海双眸中，可那眸底沉淀着比哀切更强烈的意志。

“缘小姐为我们赌上了性命，不是为了让我们天天唉声叹气的。我们得加油啊。等她哪天醒来了，我们要能挺胸笑对她才行。”

最重要的朋友，最坦率的话语，触动了柊子的心。

柊子手按胸口，回想起了缘的笑脸。

“……你说得对。我做的错事已经无法挽回了……但我不能让缘小姐看到我这么没出息的样子。”柊子注视夏海，下定了决心说道，“夏海，我有一件事情想做。你听过后可能会觉得这点子很蠢，但我还是想和你一起去做。”

“说来听听嘛，说不定我也正想着同一件事呢。”

夏海立刻回应，脸上浮起静谧的微笑。

柊子不由得和缓了嘴角，说出了心中的想法。

“我想让花再开放一次。冬天盛开的花。”

寒假结束后，两人来到某一所大学，拜访了设有植物生物学专业的理学院。

专业的研究机构没准能够提供一些线索与帮助。怀着这样的想法，柊子预约了专业的植物研究室，向研究室的学生与教授说明了情况，请求他们协助。

学生中最年长的是一名叫小川的女生。在柊子说话期间，她频频点头。

“……事情经过我明白了。确实，我们研究室的研究方向或许能帮上忙。”

然而，当她抬起头时，眼中却并没有什么兴趣。

“不过，很抱歉，我不打算答应你们。帮了你们又没有好处。”

虽说两人早有心理准备，可一下子被拒绝得这么彻底，她们的精神仍然备受打击。

在场的其他研究生都不满地叫嚷起来。

“帮帮她们也没什么嘛，前辈真小气。”

“两个初中生敢闯到这里，很让人佩服啊。帮她们一把不也挺好的吗？您说呢，教授？”

“这所大学的原则是学生自主管理。学生是你们，要不要帮她们，你们决定。”

教授坐在墙边一把折叠椅上，给出的回答没有任何偏向，基本也就可以理解为不会帮柊子她们说话。

小川用食指咚咚地敲着桌子，眼神老辣，紧盯两个初中生。

“我们交了高昂的学费才能在这里上学，学校又收了政府大额的研究补助金。因此，我们不能浪费任何时间，必须每时每刻都全身心投入到研究中，这样才能让自己获得成长，让母校的名誉不致受损。你们这横插一杠子的自由研究，我们没空理会。”

她的话正确无比，柊子与夏海一个字都反驳不了，只能闭上嘴巴。

看到两名初中生垂头丧气的模样，小川似乎感到了一丝同情，挥挥手鼓励道：“不过，你们能找来这里，确实很有勇气。多找几所大学问问，总有一个地方会帮助你们的吧。但也别给自己太大压力，好好加油——”

“如果有好处，您就肯帮忙了吗？”

柊子一句话打断了小川。

不过就是十岁的年龄差，现如今再也吓不着她了。

柊子站直，条分缕析地说了起来。

“冬天盛开的花，并不仅仅只是稀奇好看的玩具。能在严酷环境中开花、结果的植物，对于解决全球变暖、沙漠化和粮食短缺问题是有积极作用的，还可以帮助人们摆脱对强势外来物种的依赖，保护生态系统。在一些资源匮乏、气候不稳定的地区，这项研究未来说不定能为他们开辟稳定的产业，制造大量就业岗位。”

听了柊子的发言，几个研究生面露钦佩之色。

“哇喔，说得真不错！”

“不是夸别人的时候吧。关键在于怎么才能让花在冬天开放呢？”

“如果目的是开花，只要让植物以为春天到了就好，找些办法给予植物充足的光照和温度就解决了。不过我直说啊，直接去四季樱或者子福樱的生长地区是最快的。”

“但她们是要让某一棵特定的樱树开花吧？树在那个人住的医院里，还得要满开才行。按你的方法得花多少电费啊，太大的设备也搬不进去吧？考虑到现实因素和刚才说的‘好处’，还是走激素控制的方向比较好。”

“不行不行，绝对行不通的。花盆里的植物也就算了，那可是一整棵樱树耶，你要把它整棵泡进成花素[①]里吗？”

“我最近看了一篇论文是关于花干细胞的增殖与抑制，作者是谁来着……”

研究生们将柊子和夏海丢在一边，热烈地讨论起来。看来，柊子的一番苦心并没有完全白费。

小川叹一口气，缓缓摇了摇头。

---

① 调节花期、促进开花的植物激素。——译者注

“……还真是牵强的理由。看你的样子，连自交不亲和性、资源平衡之类最基本的术语都还不知道吧？就算一拍脑门想到了几句像模像样的话，技术上、伦理上要解决的问题还有一大堆呢。”

小川仍然不为所动，但也没有全盘否定柊子的话。“要解决的问题还有一大堆”，也就是说问题都还在能够解决的范畴内。

对柊子来说，只要知道这一点就足够了。

“您说的也许没错。不过，我们能提供这些好处就足够了。即使这项研究无法投入实用，但只要能够确立基础理论，对各位，对大学，就已经具备相当大的价值了。”

这一回，没有人说话，每个人都在聆听这名初中女生的发言。

柊子端正姿势，深深地行了一礼。

“我们是认真的。我们既不要钱也不需要名誉，只想让我们心中最重要的人看到一片冬天盛开的花。只要能够实现，我们什么都愿意去做。”

夏海也站起身，与柊子一起低下了头。

“拜托了，还请帮帮我们吧。”

小川抚摸着下巴，挑衅地问：“我都拒绝得那么直接了，你们还是非选这里不可吗？教授和其他研究生可能会更加严厉哦。”

“是的。我做过功课了，贵校在植物学领域曾做出过许多成绩。而且……”

言语一时中断，柊子回想起了往事。

缘的记忆早已铭刻在她的身体中，给了她勇气。

“我不想再像从前一样了。从前，我遇事只知道逃进轻松的选项里，到头来一事无成，还犯下了不可挽回的错误。人拥有的东西随时可能失去，所以，想做的事不能一再地往后拖延，必须趁现在马上行动才行。”

缘曾经在这副身体中成就了奇迹，没有理由柊子就做不到。

这就是柊子此刻渴望做出的“最好的选择”。

“各位对研究倾注的热情令我深受感动，真的拜托你们了。”

两名初中生再次深深地低头恳求。这次，漫长的寂静降临在研究室中。

终于，坐在对面的小川自嘲地咕哝道：“……啧啧，要是再想赶你们出去，我可就要被人小瞧了。”

柊子和夏海猛地抬起头，面面相觑。

小川如同折服在了柊子的诚意之下，开口道：“知道了，就允许你们进出我们研究室吧。在可能的范围内，我们会尽力协助你们。我会对相关专业的其他研究室和教授说明情况，说不定他们也会有兴趣。”

说到这里，小川一顿，促狭地笑道：“不过，别以为会很轻松哦，世上还没人知道要怎么解决你们的问题呢。学术的世界可不会因为你们是中学生就手下留情。记住了？”

哪里还用她问？两人的回答早就决定好了。

“是！”

“求之不得！”

＊＊＊＊＊＊

“好不容易确立了理论，第一次应用就是外面的樱花树！过程还挺麻烦的，要提出申请，还要提交数据……但这可是第一次啊，一定要让缘小姐坐在特等席上看个够。”

“正好今天是樱花满开的日子，天气预报还说会下雪，我就有点儿心灵感应了！结果您真的醒过来了，绝对不是巧合！”

柊子与夏海你一言我一语，一字一句都深深印刻在了我心中。

“啊……啊啊……”

这三年间，两个原本无忧无虑的初中生究竟跨越了多少困难啊！

在上学、备考的压力之外，她们究竟又品尝了多少焦躁和重压？

一切的一切，就只是为了让平凡的我，看一眼这天堂般的景色。

“好厉害……好厉害，又好美……真正的冬天盛开的花……没想到我真有一天能见到……”

压倒想象力的美景背后，蕴藏着压倒想象力的努力。

一念及此，我放声哭了出来。

如同连心智都退行到了幼儿时期，我不顾羞耻，不顾体面，号啕大哭。病房门外，医生、护士和其他病人都不知发生了什么事，在门口探头探脑。

不知不觉间，我濒死的身体动了。

为了慰劳那长达三年的努力，我挤出全身力气，抱住了两个小朋友。

“这是我收到过的最棒的礼物！可真有你们的啊！”

“缘小姐……”夏海动情地低唤，憋了一小会儿，终于忍不住啜泣起来。

柊子的泪水也沾湿了我的肩膀。她负疚地说：“真的对不起……缘小姐，您给我的东西太多太多了，我却害您变成这样……”

我稍稍收紧了拥抱的手臂，真想将这份温暖带上天堂。

过了一会儿，我放开她们，斩钉截铁地摇头道：“没事的，现在的结果就是最好的。对我来说，能见到这片花海，远比多保持几天健康更有价值。”

若我当年没有碰到那名少女，没有见到她为我的画绽放的笑容，我就不会画下《冬天盛开的花》。

若我没有画下那幅画，柊子与夏海或许就不会成为朋友，我也将失去与她们的交集。

若我没有察觉柊子的求死之心，就不会想到要与真鸲对决。

那样一来，冬天的烟花、校庭的灯海，全部都不会存在。就连这两项活动，也全是靠着我进入现在的公司，与同事、上司构筑了信赖关系才得以实现。

若没有这一点一滴的牵系……窗外那一株樱树，绝对无法在漫天飞雪中盛开。

一切都与一切联结着，没有一丁点白费。

敌人也好，朋友也好，围绕着我的一切都令我心生怜爱。能在临终前打从心底里这么想，一定是一件幸福的事吧。

“柊子、夏海，谢谢你们。我们这一番相识，最受抚慰的其实是我。我才要深深地感谢你们。”

我破涕为笑，将无上的喜悦付诸言语。

“我能活这一世，真是太好了！”

我虽然苏醒了，病情却并没有得到改善。

代谢机能已经非常低下，连最基本的生理功能都无法自己完成，甚至开始损及脑组织。按理来说，我该全天躺在床上才对。可实际上，除了行动要靠轮椅之外，我基本就跟个没事人一样，连负责我的医生都大为费解。医生猜这是一种代偿机制，我体内完好的器官补偿了衰竭器官的功能什么的……我基本都是有听没有懂啦。

我不能出病房，但还是可以与前来探病的人聊天，或者躺在床上画画。秉持着“什么时候死去都不后悔”的信念，我与包括家人在内的许多人取得联络，想说什么都说了个够。

至于柊子与夏海嘛，她们恐怕还暗暗期待着奇迹发生，希望我能就这样一天天好转起来。毕竟，连意识交换这种级别的超自然现象都体验过了，现在再发生什么都不奇怪。

然而，我心有所感，知道眼下就是我最后的时间了。也理应如此。

奇迹发生一次就够了。我已经充分享受过了人生。世上还有很多挣扎在苦难中的人，下一次的奇迹应该降临在他们身上才对。

因此，我利用有限的时间又画了一幅画。我无力上色，画出来的只是铅笔草稿，但这样就足够了。

我决定将草图托付给雾岛夏海。

“当年那幅《冬天盛开的花》已经不在了……不过，夏海，我希望你能为我完成这幅画。你见过真正的冬花，肯定能画出比当年那幅更出色的作品。”

那将会是柊子与夏海合力完成的《冬天盛开的花》，它一定有着震撼人心的力量。我是无法活着看到它了。虽然有些遗憾，可一想到它的生命在我身故后仍将延续，我的心便无来由地安稳了下来。

来人世走过一遭，我不仅留下了回忆，还留下了拥有形体的事物。人生再也没有比这更难得的了。

夏海接过草图，与柊子一起全心起誓：

“谢谢您！不管要花多少年，我绝对会画完的！”

“这一次，我们一定会用一生珍爱它的！说好了！”

两个人都哭得好大声，说不出一句完整的话。总是惹得女孩子哭，我还真有点儿歉意呢。

不过，能得到她们这么深切真挚的敬慕，我非常高兴。我日夜祈祷，希望这两个善良的姑娘能在未来获得更胜于我的幸福。

在我苏醒一周后，冬天盛开的樱花一夜凋零。

而我，赤月缘，也在许多人的围绕下，静静停止了呼吸。

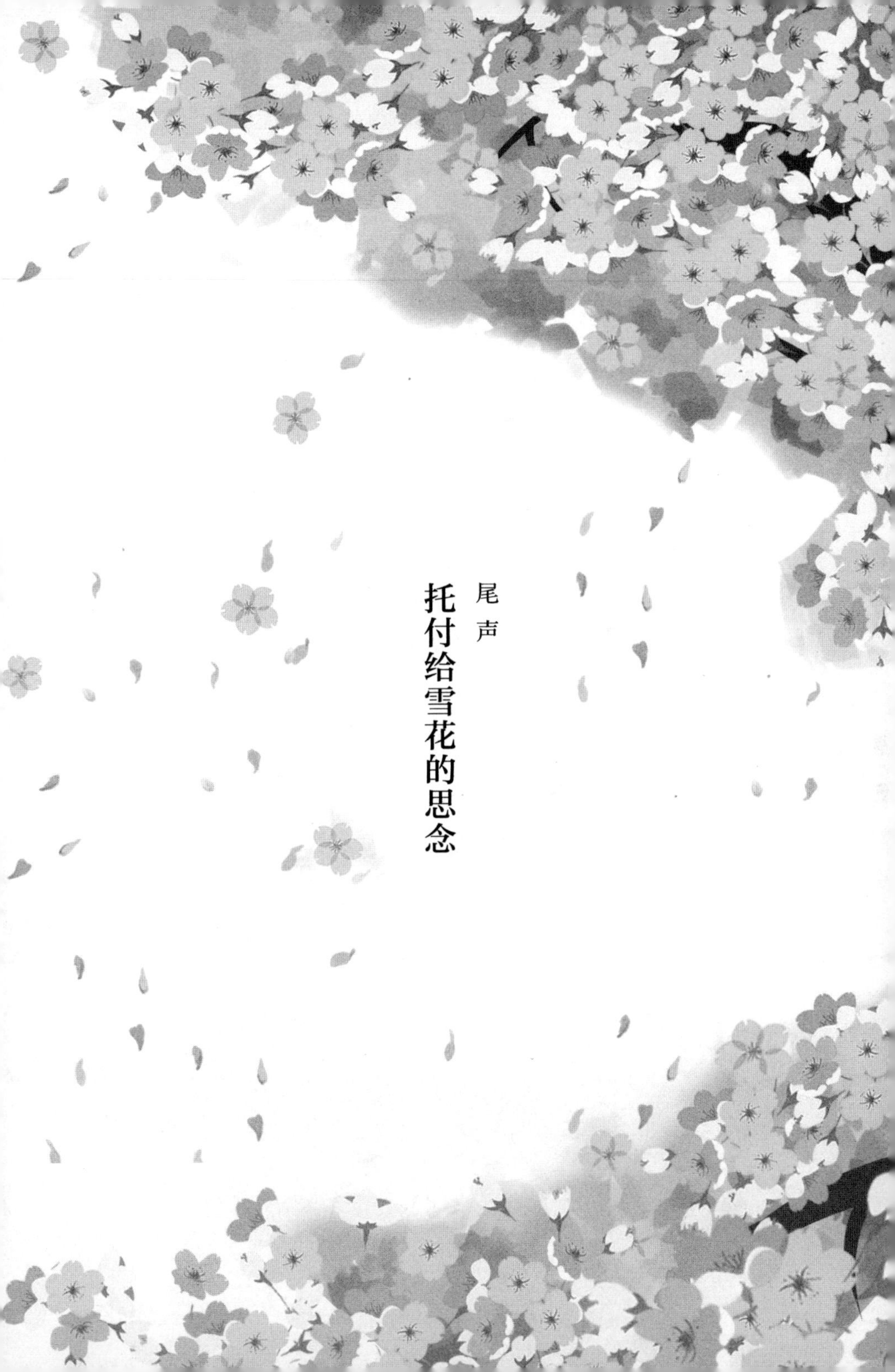

尾声

托付给雪花的思念

尾　声　托付给雪花的思念

赤月缘去世五年后，十二月的某一天。

已经升上大三的户张柊子和雾岛夏海捧着花，前往墓园。

浓铅色的阴云笼覆天空，寒意彻骨，令人只想缩在家中的暖桌里。不过，今天的行程是早就商量好了的。

自从缘去世后，两人每年冬天都要来扫墓，已经成了一种惯例。

为了从寒冷的天气上稍微转移注意力，夏海呼出腾腾白气，说道："今天还真冷啊，水洼都结冰了。"

"嗯，天气预报还说晚上会下雪呢，明天说不定有积雪……嗯？"

柊子裹着围巾叫了一声。冬季冷清的墓园中竟然有一个人。

一名女性身穿剪裁高级的黑色长大衣，双手插在口袋里，静静凝视着赤月缘的墓碑。她那一身装扮犹如丧服。

柊子看她的侧脸眼熟，不由得悄悄靠近，小心地唤："……淡河同学？"

淡河真鸨根本没察觉靠近的足音，闻声吓了一跳，扭头一见柊子与夏海就窝火地咂嘴。

"嘁……"

真鸨比初中时代高挑了很多，美貌愈发迫人，黑发明艳更胜从前。然而，她那一双眼睛蕴藏着堪称凌厉的意志，却是从以前到现在都不曾改变分毫。

不过，她威吓的动作再也吓不到柊子与夏海了。

"你怎么会在这里呀？"柊子天真地问。

真鸨哼了一声，用下巴示意缘的墓碑。

"我来给亲戚扫墓，很偶然地看到了那位赤月小姐的名字，就在这里站了一会儿。"

真鸨的态度和从前一样居高临下，柊子却并不在意。

"十二月扫墓还挺罕见的。"

"吵死了！我要什么时候、去哪里、干什么都是我的自由！"

真鸨早已知道赤月缘这个人的存在，也知道了她与柊子意识交换的事。

当年，柊子既已宣布要和真鸨成为朋友，便觉得应该将一切真相告诉真鸨。夏海明白缘与真鸨之间存在着剪不断，理还乱的牵系，也同意说出真相，只是补充了一句"可我觉得淡河同学是不会相信的”。

不管怎样，真鸨被带到医院，得知了意识交换一事。听的过程中，她始终面无表情，仿佛压根儿不信这一通鬼扯。可看她今天特意来给缘扫墓，应该是早就相信了柊子的话。

无论真鸨心里怎么想，柊子知道她肯信自己就很高兴了。

“谢谢你啊，淡河同学。”

骤然听到柊子道谢，真鸨困惑地皱了皱眉。别说真鸨，就连夏海头上都浮起了一串问号。

但柊子露出了率真的笑脸，说道：“初三的时候，你不是给协助我们的研究室匿名捐了一大笔钱吗？毕业前我问过你，你不肯承认，就这样去上高中了。可我想来想去，觉得只能是你。要是没有那笔钱，我们未必能在缘小姐去世前创造出‘冬天盛开的花’。真的非常感谢你。”

初中毕业后，真鸨去了一所公立高中。个中详情虽不明了，但柊子确信一切都始于《冬天盛开的花》。公立学校的学费比私立低得多，真鸨便与父母谈判，将差额捐给了研究室……当然，这些经过只是柊子的推测。

真鸨耸耸肩，泰然自若。

“你在说什么呢？难道不是某个有钱人为了避税一时兴起吗？所以我才讨厌你们这些可怜巴巴的凡人。”

她说得难听，柊子与夏海却并没有感受到恶意。也不知改变的是真鸨还是另外两人——多半双方都有吧。

这时，轮到夏海向真鸨提问。

“淡河同学，你大学进的是医学院吧？以后不打算去你爸的公司吗？”

听到这一问，真鸨用锐利的视线扫向夏海。

“这是什么意思？以为我是那种不靠父母就什么都做不成的庸人吗？”

“我可没有这么说……”

真鸨虽说改变不小，却似乎并没有跟两人亲近起来的意思。

只见她双臂环胸，出神地凝望着阴云密布的天空。

“淡河家在医学界没有人脉可言。也就是说，如果我在医学界功成名就，毫无疑问靠的就是我自身的实力。而且……某种意义上，掌握他人性命是最高级的支配手段。我的家人基本上都在金融、实业界稳执牛耳，而我一旦挑起医学界的大梁，我家的社会地位就固若金汤了。”

“说来说去，不还是在靠父母……”

“能利用的东西就要全部利用到底。”真鸨勾起一丝邪笑，毫无愧色地说。

说罢，她垂下双手，背对两人。

“赤月小姐罹患的代谢疾病马上就能确立治疗方法了，利用的是最先进的再生医学技术，我们研究室也参与了。这下赤月可算是白死啦。她以前没少顶撞我，我今天就是要来嘲笑她一番。”

真鸨话语中果然带着一丝讥刺，但柊子和夏海都提不起丝毫怒意。

见真鸨挥挥手就要离开，柊子欢声说：“什么啊，你果然就是来给缘小姐扫墓的嘛。”

“啊……”

“该怎么说呢，淡河同学还挺天然呆的。”夏海略带惊讶地指出。

一听这话，真鸨涨红了脸跳转身，狠狠指着两人。

“谁呆了啊！听着，要是哪天你们病了落在我手里，我非治到你们倾家荡产不可，给我记好了！”

不等说完，真鸨气冲冲地走了，中途撞到墓碑绊了一下，被柊子和夏海看了个清楚。

待真鸨人影消失后，两个人不约而同地笑了起来。

“哈哈哈，没说不给我们治疗呢。”

“嗯，淡河同学也因为缘小姐而改变了啊。”

缘的墓前随意横着一枝黄色三色堇，一种耐寒性强，能在冬季开放的花。

供花的人是谁就不必再说了。

柊子和夏海洒水、上香，又将各自带来的花插在花瓶中。柊子供的是香堇菜，夏海则是天竺葵。

种类不同，但都是粉色。花语是“希望”和“决心”。

“缘小姐。”柊子蹲在墓前，闭上眼睛，双手合十，静静地向缘说道，“当时您看到的‘冬天盛开的花’其实还没有完成。樱花对花期控制技术产生了免疫反应，其中存在重大缺陷，之后一年的冬天没能开花，想再现当年的结果也不太顺利……但它曾经开得多漂亮啊，那一定是从您与我们的心意中诞生的奇迹。呵呵，上面的人肯定不会承认就是了。”

柊子目前就读于当年协助研究“冬天盛开的花”的大学，夏海则是在国立美术大学读书。两人各自踏上了不同的道路，友谊却始终深厚如旧。

柊子继续报告。

“后来研究一直在改良，最近终于得到了正式的承认，还在学会上大受瞩目。农水省[①]也批准了我们的项目，马上就要投入运用了。利用这项研究成果，贫瘠的土地说不定能够焕发新生……真是没想到呀，当年我为了混进大学研究室信口乱说的一通话竟然要成真了。不过啊，缘小姐，这样一来，您寄托在冬花中的希望就能拯救无数生命了，我真的觉得非常光荣。”

用清晰的语言表述一遍后，柊子再次坚定了自己的心情，闭着眼微微而笑。

---

① 农林水产省的简称，日本行政机关之一，主管农业、林业、水产业的行政事务。——译者注

接下来，轮到夏海报告了。

“对不起啊，缘小姐，您给我的草稿，之前我一直都没能完成。这个世界上，画得比我好的人实在太多了。您可能不会在意画的好坏……但对我来说，世上最重要的除了生命和柊子，就是这幅画了。您既然托付给我，我就不想输给任何人，一定要拿出最高的水准去完成它。”

不好意思的笑容浮现在夏海嘴角。长这么大了，她还是当年那副不服输的性格。

她清清嗓子，继续往下说。

“今年，我获得了校内比赛的优胜奖，画家协会和赞助商说要为我开个人画展呢。届时将会有许许多多的人来参观，必须让他们看到最棒的画作才行。想到这里，我终于能够提起自信和勇气，完成您托付给我的画了。”

说着，夏海睁眼拿出手机，将一张照片朝向墓碑。

“请看。我都不敢相信呢，一提起笔来自然而然就画好了。”

飞雪中的樱花道下，两名少女手牵着手向前走。就是这样的画面。

即使在困境中也要怀抱希望，与珍视的人一起迎难而上。

这才是缘真正祈盼的风景。夏海直觉地明白这一点。

柊子也看向屏幕上的画，心满意足地微笑起来。

“真是出色的画呀！我要一辈子……不，就算我们都死了，也希望它能好好的。”

“没错，就算有人开价几亿元我也不会卖。”

柊子和夏海对视一眼，开心地笑了。

一片片纯白翩然飘落，落在屏幕中的画上。

两人不觉抬头，只见天空一片雪白，不知不觉间，真正的雪降落了。

柊子拍一拍裙摆，站起身，夏海也随她一同站直。

离别之际，柊子伸手轻轻触碰冰冷的墓碑。

“缘小姐，请您放心。您托付的希望，一直都延续在我们心中。”

一阵凛冽的北风袭来，吹彻墓园。

雪花飘舞在零度以下的空气中，却不知为何非常温暖。

图书在版编目（C I P）数据

生如冬花的你 /(日) 凩轮音著 ; 羽千落译. -- 成都 : 四川文艺出版社, 2022.10
ISBN 978-7-5411-6416-3

Ⅰ. ①生… Ⅱ. ①凩… ②羽… Ⅲ. ①长篇小说－日本－现代 Ⅳ. ①I313.45

中国版本图书馆CIP数据核字(2022)第134507号

著作权合同登记号 图进字：21-2022-291

SHENGRUDONGHUA DE NI

生如冬花的你

[日] 凩轮音 著

羽千落 译

出 品 人　张庆宁
出版统筹　刘运东
特约监制　王兰颖　李瑞玲
责任编辑　范菱薇
特约策划　苟新月
特约编辑　苟新月
营销编辑　张　静
封面设计　卷帙设计 QQ: 2649686699
责任校对　段　敏

出版发行　四川文艺出版社（成都市锦江区三色路238号）
网　　址　www.scwys.com
电　　话　010-85526620
印　　刷　天津鑫旭阳印刷有限公司
成品尺寸　145mm×210mm　　开　　本　32开
印　　张　8　　字　　数　160千字
版　　次　2022年10月第一版　　印　　次　2022年10月第一次印刷
书　　号　ISBN 978-7-5411-6416-3
定　　价　39.80元